Valeria Parrella

Zeit des Wartens

Valeria Parrella

Zeit des Wartens

Roman

Aus dem Italienischen
von Anja Nattefort

C. Bertelsmann

Die Originalausgabe erschien 2008 unter dem Titel
»Lo spazio bianco« bei Einaudi, Turin.

FSC
Mix
Produktgruppe aus vorbildlich
bewirtschafteten Wäldern und
anderen kontrollierten Herkünften
Zert.-Nr. GFA-COC-1262
www.fsc.org
© 1996 Forest Stewardship Council

Verlagsgruppe Random House FSC-DEU-0100
Das für dieses Buch verwendete FSC-zertifizierte Papier *EOS*
liefert Salzer, St. Pölten.

1. Auflage

Satz: Uhl + Massopust, Aalen
Druck und Bindung: Friedrich Pustet KG, Regensburg
Printed in Germany
ISBN 978-3-570-01056-3

www.cbertelsmann.de

Es war dir mein Gebein nicht verborgen,
als ich im Verborgenen gemacht wurde,
als ich gebildet wurde unten in der Erde.
Deine Augen sahen mich, als ich noch nicht bereitet war,
und alle Tage waren in dein Buch geschrieben,
die noch werden sollten und von denen keiner da war.

Psalm 139, 15-16

Das Scheinbild hob die schlafbeschwerten Lider
und es erblickte Farben und Gestalten,
begriff sie nicht, verloren in Geräuschen,
und furchtsam suchte es, sich zu bewegen.
Wie wir sah es sich nach und nach gefangen
in diesem Netz der tönenden Bezüge
von Vorher, Nachher, Gestern, Während, Nun
und Rechts, Links, Ich, Du, Jene, Andere.

Jorge Luis Borges, *Der Golem*

Prolog

Ich habe es versucht. Tag für Tag, wenn ich auf die U-Bahn zum Krankenhaus wartete, habe ich versucht zu lesen. Anfangs gelang es mir auch, denn ich hatte ja nur noch meinen Kopf. Und der kannte sich mit Büchern aus.

An den endlosen Nachmittagen meiner Jugend, nach den Hausaufgaben und vor dem Abendessen, dehnte sich das Zimmer aus: Jedes Geräusch, der Krach der Konservenfabriken, die uns die Luft zum Atmen nahmen, und der Groll meiner Eltern, die sich von einem Ende des Flurs zum anderen beschimpften – all dies versank in Lautlosigkeit, und die Zeit stand still, denn ich las.

Mein Kopf war also daran gewöhnt, nur sich selbst zu vertrauen. Und immer, wenn er sich von der Realität betrogen fühlte, erlag er dem Irrtum, sich selbst zu genügen.

Aber nun schaffte ich es nicht einmal, einen Roman zu lesen: Hinter jedem Wort, und war es noch so umsichtig gewählt, lauerte eine Grube, ich stolperte verzweifelt von einer Zeile zur nächsten. Also flüchtete ich mich auf ein Terrain, das den Schmerz nicht so leicht durchsickern ließ, und las Sachbücher. Ich suchte mir ein Thema aus, das präzise war wie die Mathematik und blutig wie eine Revolution: Laizismus, aber es hätte auch etwas anderes sein können. Um zu vermeiden, dass mich jemand nach meinem Befinden fragte, kaufte ich meine Lektüre in einer Buchhandlung in der Altstadt, die ich sonst nie betrat.

Ich musste systematisch vorgehen. Ich wollte kein Buch auslassen, jedes von vorne bis hinten durcharbeiten und mir am Rand Notizen machen.

Am Anfang funktionierte es, ich redete mir sogar ein, ich führe jeden Morgen gern mit der U-Bahn zum Krankenhaus: damit ich weiterlesen konnte. Doch nach kurzer Zeit glaubte ich das selbst nicht mehr und ließ mich ablenken. Es dauerte keine Woche, da lehnte ich den Kopf ans Fenster, gab mich meinen Tagträumen hin und sah den ein- und aussteigenden Leuten zu. Ich spürte meine Handtasche mit dem Buch und den Bleistift darin und redete mir ein: »Ich bin nur körperlich müde, im Kopf bin ich voll da.«

In Wirklichkeit hatte ich auch den längst verloren. Es muss irgendwo auf dem Heimweg passiert sein, an einem jener Nachmittage, wo ich erst im Dunkeln wieder auftauchte und nicht einmal mehr Zeit zum Einkaufen war. Wahrscheinlich geschah es in der Via Foria, in der Nähe des Botanischen Gartens, der gerade neu eröffnet, aber schon vor der Fertigstellung wieder in desolatem Zustand war – wie alles in dieser Stadt. Ich schätze, dort ist es passiert, und zwar abends, denn ich kam immer erst abends aus dem Krankenhaus, bis auf die wenigen Male, wo ich flüchtete oder gar nicht erst hinfuhr, dann sah ich die Welt auch bei Tageslicht. Die Welt draußen, außerhalb des Krankenhauses.

Ich erinnere mich an einen Urlaub auf Lampedusa – als Urlaub noch hieß, alles hinter sich zu lassen –, bei dem das Zimmermädchen sagte, meine Stadt sei wunderschön.

»Wann waren Sie denn dort?«, fragte ich sie, während ich eilig meine Unterwäsche in einer Schublade versteckte.

»In der Stadt noch nie. Ich habe sie nur aus einem Fenster des Krankenhauses gesehen.«

Und von den hinteren Gebäudeteilen ist das Panorama wirklich beeindruckend. Ich entdeckte es, als ich eines Tages eine Möglichkeit suchte zu rauchen, ohne dafür jedes Mal nach unten gehen zu müssen. Ich fand ein langes, schmales Fenster in der Toilette, es war ziemlich weit oben, aber ich konnte auf den Klodeckel steigen. Ich teilte das Fenster die ganze Zeit über mit einer Taube, die davor ihr Nest gebaut hatte. Zum Glück hatte ich zu diesem Zeitpunkt bereits den Kopf verloren, denn vor Tauben habe ich mich immer geekelt. Die Ärmsten sind nicht besser oder schlechter als andere, aber in dieser Stadt sind es einfach zu viele. Nachdem ich dieses Fenster mit Aussicht entdeckt hatte, leisteten wir uns jedenfalls nahezu schweigend Gesellschaft.

Jeden Tag, drei Monate lang, unterbrach ich meinen elfstündigen Besuch in regelmäßigen Abständen und betrachtete von dort die Stadt. Ich machte mir ein Spielchen daraus, den Dom, die Galleria Umberto oder die Altstadt zu suchen, und ich habe mich nie dabei gelangweilt.

Den Nikotingestank konnte nicht einmal die antiseptische Seife vertreiben, obwohl ich die Ärmel hochkrempelte und mich zwei Minuten lang bis zu den Ellbogen einschäumte, wie es die Hygienevorschriften der Intensivstation vorsahen. Wenn ich bei der kleinsten Aufregung zu schwitzen begann, trat der Mief durch den blauen Kittel, und wenn mein Atem sich vor Angst in ein Keuchen verwandelte, drang er auch durch den Mundschutz.

Ich musste mir deshalb einige Vorwürfe anhören. Als mich ein junger Arzt mit sehr blauen Augen um eine Zigarette bat, gab ich sie ihm gerne. Wie man sich bei Tisch das Brot reicht.

Die Sache ist die: Meine Tochter Irene war dabei zu sterben oder auf die Welt zu kommen, das habe ich nie so ganz verstanden, denn vierzig Tage lang schien es ein und dasselbe zu bedeuten. Die Ärzte zu fragen war sinnlos, sie antworteten nur: »Signora, das kann niemand wissen.«

Nun fühlte ich mich auch noch von der Wissenschaft betrogen und erinnerte mich zwangsläufig an meinen alten Irrtum. Wenn ich mich umblickte, sah ich Menschen, die den Kopf verloren hatten und ihre Zeit im Wartezimmer verbrachten. Die Mutter des niedergestochenen Mädchens war heute wieder in demselben Jogginganzug und mit derselben Haarspange erschienen, und die Tante, die sie begleitete, lungerte in der Sitzecke herum und sah sich die Promi-Fotos in der »Chi« an. Der Chefarzt glaubte wohl, eine von ihnen vor sich zu haben. Oder den Junkie, der die Spinde aufgebrochen hatte. Ich atmete tief durch. Dann wog ich sorgfältig meine Worte und mein Lächeln ab, ging im Stillen jeden einzelnen Begriff durch, der nur eine einzige Sache bedeuten konnte, und hakte nach: »Wie hoch ist die Wahrscheinlichkeit? Was halten Sie für die angemessene Vorgehensweise? Angenommen, sie überlebt, mit welchen Behinderungen muss man dann rechnen?«

Während ich auf die Antwort wartete, unterzog ich mich einer gründlichen Inspektion: Meine Fingernägel waren in Ordnung, ich hatte ein Buch in der Handtasche und besaß ein Girokonto, auf dem jeden Monat ein Gehalt vom Ministerium einging. Ich hatte mir alle Experimentalfilme im Abadir angesehen, bevor es dann wieder ein Pornokino wurde, ich würde Irene im Tragetuch zu jeder Demonstration mitnehmen und sie zu den Protestliedern irgendeiner neapolitanischen Rockband tanzen lassen. Wäre mir in der Antwort des Arztes ein Ausdruck unklar gewesen, hätte ich mir die Bedeutung durch den Kontext erschlossen und wäre dann nach Hause geeilt, um ihn im Internet zu recherchieren, in der Pause zwischen 12.30 und 16.00 Uhr, der unerträglichsten von allen.

»Nein, Signora, hier geht es um alles oder nichts.«

Die Tante des niedergestochenen Mädchens sah von Briatores Yacht auf und fragte mich: »Das sind Ärzte, *signò*, was erwarten Sie?«

Als wollte sie sagen: Die Ärmsten sind auch nicht besser oder schlechter als Tauben.

Immerhin hatte ich das Riesenglück, dass meine Fenstertaube in respektvollem Schweigen verharrte.

Auch heute, nach so vielen Tagen und Nächten, an diesem späten Vormittag, der, eine Minute mehr oder weniger, derselbe war wie auf den Uhren eines jeden anderen Menschen in der Stadt, auch heute gab es also keine Regel, in die Irene sich, klein wie sie war, einfügen konnte, ohne Unannehmlichkeiten zu bereiten. Es gab keine mit irgendwas zu multiplizierende Konstante, etwa mit dem Plastikarmband, das wir beide trugen, mein Name an ihrem Handgelenk, ihrer an meinem, oder mit der kontrollierten Stimme meiner Kollegen, wenn sie anriefen, um sich nach Neuigkeiten zu erkundigen.

Es war anders: Jemand hatte eine Münze in die Luft geworfen, und früher oder später musste sie auf einer Seite landen. Vierzig Tage lang stand auf dieser Münze *sie lebt/sie stirbt*.

Wenn ich *sie stirbt* sagte, sprangen alle Freunde, Verwandten und Kollegen auf, schüttelten den Kopf und machten große Augen, doch dann lächelten sie, und ich wusste, dass sie in den nächsten fünf Minuten eine neue Definition dieser Worte aufstellen würden, gefolgt von Einladungen zu Abendessen und Opernpremieren. Um mir das zu ersparen, bemühte ich mich, Irenes Zustand möglichst auf die andere Art zu bezeichnen: *Sie lebt.* Daran glaubten alle gern. Es klang so beruhigend.

Die Sache war die: Meine Tochter Irene lag im Sterben, und ich konnte mit niemandem darüber reden. Ich bin mir fast sicher, dass diese beiden Umstände mich gleichzeitig und jeder für sich begleiteten, wenn ich in die U-Bahn ein- und wieder ausstieg.

Jedenfalls ging ich eines Abends, es war in den ersten zehn Tagen der Intensivstation, eine defekte Rolltreppe hinauf und trat auf die Piazza Cavour. Der Platz war hell erleuchtet, auf der rechten Seite eine lange Reihe von Schulbuchhandlungen, die ihre Eisengitter herunterließen, überall zwischen den Bäumchen küssten Frauen aus dem Osten Männer aus dem Westen, und ich sah bis ans Ende der Straße, die ich immer schon mochte, weil man von einer bestimmten Stelle bis oben zur Salita della Doganella schauen kann, zwei Reihen gelber Lichter, wie die Startbahn eines Flughafens, oder eine Rampe, die irgendwo hinaufführt. Aber in dem Moment, als ich mich endlich entschlossen hatte, eine teure Salumeria zu betreten und mir etwas Leckeres zum Abendessen zu kaufen, fand ich anstelle meines Kopfes eine gemächlich auf meinem Hals rotierende kleine Münze.

Ich unterrichte Literatur in einer Abendschule. Ich verhelfe riesigen Lastwagenfahrern, die kaum auf die Bänke passen, dazu, den Abschluss der Mittelschule nachzuholen. Mit Allegorien kenne ich mich also aus, ich brauche nur eine Unterrichtsstunde, um zu erklären, dass Dante drei verschiedene Dinge meint, wenn er *Löwe* sagt. Aber ich war nicht darauf vorbereitet, im Schaufenster einer Salumeria eine Münze zu sehen, die sich auf meinen Schultern um sich selber drehte, in immer größeren elliptischen Bahnen, sie drehte sich und drehte sich und fiel nie zu Boden.

Um niemanden in Verlegenheit zu bringen, verzichtete ich auf mein Abendessen und ging nach Hause.

Der Leerraum

Irene kam, als keiner mehr mit ihr rechnete.

Ich war schon zweiundvierzig und rauchte ein Päckchen Zigaretten pro Tag, seit ich volljährig war.

Äußerlich hatte das Rauchen keine Spuren hinterlassen: Meine Haut sah noch genauso aus wie damals, als mich das alte Klostergebäude des Fachbereichs Philologie damit köderte zu studieren, was ich wollte, und eines Tages von dem zu leben, was ich gelernt hatte. Ich bezahlte viertausend Lire fürs Kino, ging ins Bett, mit wem ich wollte, schloss mich stundenlang in der Bibliothek ein und spürte wie eine Privatdetektivin Büchern nach, die seit ewigen Jahren auf dem Nachttisch irgendeines Professors lagen. Ich hatte immer eine Zigarette in der Hand, war aber stets bereit aufzuhören, wenn ich nur gewollt hätte: in dem Moment, wenn ich mich entschließen würde, ein Kind zu bekommen.

An dem Tag, an dem Irene kam, hatte ich fünf Stunden lang im Smog der Piazza Garibaldi vor dem Gewerkschaftsbüro Schlange gestanden, und als sie alles ausgerechnet und auch meine Studienzeiten berücksichtigt hatten, hieß es am Ende: Nein, eine Rente würde ich, wenn überhaupt, erst sehr spät bekommen, und die Prämienzahlung sei schon gar nicht drin.

Anschließend lief ich die ganze Via Marina zu Fuß hinauf, weil die Straßenbahn durch den Autoverkehr blockiert war, und atmete den Smog ein, gegen den selbst die Meeresbrise nichts auszurichten vermochte. Ich machte Bogen um die Kartons und Matratzen der illegalen Einwanderer auf dem Bürgersteig, erfüllt von einer seltsamen Kraft in Beinen und Brust. Ich war zwar langsamer als die blaue Limousine des Bürgermeisters, aber immerhin schneller als die im Verkehr feststeckenden Rettungswagen, und irgendwann erreichte ich schließlich das Untersuchungslabor. Dort muss ich ein Gesicht gemacht haben wie eine Madonna, die nicht mehr mit der Verkündigung gerechnet hatte, denn die Arzthelferin brachte mir ein Glas Zuckerwasser, als ich den Kindsvater anrief.

Aber vor allem kam Irene, als ihr Vater es nicht erwartete. Er war ein eleganter Mann, der in mein Leben getreten war, indem er wunderschöne Sätze deklamierte. Wie sich später herausstellte, war Schönheit der einzige Wert, den sie besaßen.

Was wir gemeinsam aufgebaut hatten, war ein Spiegel seiner und meiner Einsamkeit, jener Einsamkeit, in der man sich mit vierzig wiederfindet, wenn die Rastlosigkeit nachlässt und man endlich Luft holen kann.

Es war nicht die große Liebe, es war einfach so geschehen. Auch von meiner Seite aus, obwohl ich einige Zeit brauchte, bis ich das begriff, ihn nicht mehr anrief und gehen ließ, so klein, wie er gekommen war. Aber nicht klein wie eine aus der Ferne wahrgenommene Gestalt, sondern eher flach und ohne Tiefe wie auf einem byzantinischen Mosaik: Neben ihm war ich überdimensional groß, und selbst Irene, die so winzig war, dass sie im Brutkasten zwischen Kissen lag, wirkte neben ihm gewaltig.

»Sag jetzt bitte nicht, dass du nicht mehr kommst.«

»Warum sollte ich? Ich bin doch erst nach eurer Prüfung im neunten Monat.«

»Jaja, das hat meine Frau bei allen drei Kindern gesagt, aber dann legte sie trotzdem die Beine hoch und rührte keinen Finger mehr … Und du bist schließlich auch nicht mehr die Jüngste.«

»Na hören Sie mal, Gaetano, Sie sind vierzehn Jahre älter als ich.«

»Schon gut, ich meine ja nur … Nicht dass du uns jetzt nach hundertfünfzig Stunden im Stich lässt.«

»Hundertfünfzig Stunden und immer noch nichts gelernt! Meint ihr etwa, so könnt ihr mit der Prüfungskommission reden?«

»Wieso, was soll ich denn sagen?«

»SIE, Gaetano, Sie müssen lernen, jemanden zu siezen. Wir machen es so: Von heute an werden wir, ich – Maria – und *Sie* – Gaetano – uns siezen. Bis Juni.«

»Madonna, *professoré*, wie soll das gehen, dann spreche ich ja wie mit einer Fremden!«

Als wir um halb sieben alle gemeinsam, Schüler und Dozenten, zum Kaffeetrinken in die Bar gingen, hätte Gaetano mir am liebsten über die Straße geholfen. Ich zerrte Fabrizio, der mich gut kennt, zur Kasse und jammerte: »Bitte zahl du schnell meinen Kaffee.«

»Was ist denn los?«

»Gaetano geht mir auf die Nerven, er behandelt mich wie das kleine Fräulein Lehrerin.«

»Weil du schwanger bist, er ist Vater von drei Kindern.«

»Nein, das geht schon länger so … Seit ich ihm beigebracht habe, mit links zu schreiben.«

Nachdem Gaetano durch einen Unfall an der Hobelbank drei Finger seiner rechten Hand verloren hatte, bekam er in seiner Fabrik nicht einmal mehr eine Fahrerlaubnis, weil er keinen Stift zwischen Daumen und kleinem Finger halten konnte: Die hatte die Klinge nicht erwischt, weil sie zu kurz waren. Auch mein Vater war Arbeiter und groß wie ein Schrank, und nach so einem Unfall hätte er die Fabrik für fünf oder sechs Schichten lahmgelegt, bis die Gewerkschaftsführer aus Mailand oder Genf angerückt wären. Einmal aßen wir einen Monat lang Eier und frittierten Stockfisch, weil Papas Lohntüte wegen der vielen Streiks nicht mehr hergab.

»Und die Zeitungsfritzen kamen erst nach einer Woche …«, schimpfte er beim Abendessen, ohne meine Mutter anzusehen, die den Fisch in der Pfanne wendete.

Diese eigenartige Solidarität war der Grund, warum ich allabendlich, wenn der Hausmeister uns und die anderen Kursteilnehmer der Abendschule fluchend hinausscheuchte, mit Gaetano stritt, weil er mich unbedingt nach Hause bringen wollte.

»Aber Gaetano, Luisa fährt doch auch allein nach Hause!«

»Mich lassen Sie aus der Sache besser raus, Professoressa. Wenn's nach Gaetano geht, könnten die mich glatt abmurksen …«

»Genau, bei Luisella ist das was anderes, die fährt ja mit dem Auto.«

»Wie soll ich denn sonst auch nach Ponticelli kommen? Mit der schicken neuen U-Bahn komme ich nicht weit.«

»Lass gut sein, Gaetano, ich gehe mit Shan, er wohnt ganz in meiner Nähe.«

»Sie duzen mich ja schon wieder, Professoressa, ich dachte, wir siezen uns.«

Shan ließ sich widerstandslos von mir unterhaken, obwohl es ihm nicht ganz geheuer war, mit einer Schwangeren durch die Gegend zu laufen, die nicht seine Frau war.

Fabrizio gab Italienisch für Ausländer und erzählte mir, dass die Marokkaner und Sri Lanker in seiner Klasse sich sehr schwertaten, ihren ukrainischen Klassenkameradinnen ins Gesicht zu sehen. Anfangs hielt ich das sogar für den Grund, warum sie in der Pause nie mit uns Kaffee trinken gingen. Doch dann bekam eine junge Frau aus Weißrussland eines Tages so heftiges Herzrasen, dass wir sie ins Krankenhaus bringen mussten.

»Hat sie Drogen genommen?«, fragte der Krankenpfleger.

»Nur einen Kaffee.«

Nach diesem Vorfall erklärte sie uns, Kaffee sei eine starke Droge. Wir glaubten ihr jedes Wort, denn sie hatte in ihrer Heimat Chemie studiert, langweilte sich im Unterricht und las abends Carlo Emilio Gadda.

»Warum kommst du überhaupt in die Schule?«, wollte Gaetano mit einem Anflug von Neid und in breitestem Dialekt von ihr wissen.

»Ich brauche den Abschluss, um das Gehalt zu bekommen, das meiner Ausbildung entspricht.«

»Wo arbeitest du denn?«

»Bei einer Reinigungsfirma, in der Innenstadt.«

An diesem Punkt war jedenfalls klar, dass die ausländischen Studenten der Pause fernblieben, weil sie den Kaffee nicht vertrugen und den Beuteltee eklig fanden.

An Shans Arm fühlte ich mich wohl. Nicht weil er im Cavone wohnte, einer Straße, die nicht weit von meiner lag, sondern weil ich große Hoffnungen auf ihn projizierte.

Ich ging oft durch den Cavone. Wo früher Neapolitaner

hausten, sah ich nun Geschäfte für indisches Kunsthandwerk und Lebensmittelläden, in denen das Gemüse noch kostete, was es kosten sollte. Und weiter unten sah ich Phone Center, Internetcafés, Läden mit Bollywood-Musik, Spielsalons und Kindergärten, Väter, die ihre Kinder zur Schule brachten, während ihre Frauen bei Rechtsanwälten in Posillipo putzten, und an den Hauswänden hingen Plakate voller verschnörkelter Buchstaben, die zu wer weiß welchem kulturellen Ereignis einluden. Ich klammerte mich an Shans Arm und sehnte den Tag herbei, an dem wir eine sri-lankische Wählerschaft haben würden, den Tag, an dem die Kinder, die auf der Piazza Dante Crocket spielten, groß wären. Eines von ihnen würden dann Hausmeister, anstelle des Hausmeisters meiner Schule, der uns hasste, weil er abends nicht mehr tun konnte, was er wollte, und weil die fünfzigjährigen Schüler ihm keine Süßigkeiten abkauften. Ein anderes dieser Kinder würde sicher Schulleiter werden und meine Direktorin ersetzen, die sich von unseren Kursen belagert fühlte und über den zusätzlichen Stromverbrauch am Abend ärgerte. Zumal wir keine netten Aufführungen für den Schulrat organisierten und uns nicht einmal ins Bildungsprofil eingliedern ließen. Daran glaubte ich ganz fest, während ich Shan zuhörte, der wirklich immer besser Italienisch sprach, das hatte ich schon Fabrizio gesagt: »Du machst deinen Job gut, eines Tages rettest du damit die Stadt.«

Das dachte ich voller Genugtuung, als sich Shan an der Kreuzung von mir verabschiedete und ich auf einmal einen starken, runden Schmerz verspürte, so heftig und bedrohlich, dass ich etwas unternehmen musste; ich ging also nicht nach Hause, sondern die Salita degli Incurabili hinauf, die zu einer Notfallambulanz führt. Dort würden sie mich beruhigen und mir etwas geben oder mir sagen, dass alle Schwangeren im sechsten Monat diese Schmerzen bekamen. Ich begab mich also dorthin, ohne irgendwen anzurufen, in einer Stunde wäre ich ohnehin wieder zu Hause, und in Gedanken zankte ich schon mit dem Arzthelfer, ließ den Chef rufen, füllte einen idiotischen Fragebogen aus, während ich diese griechische Straße entlangging, die schnurgerade hinter einem Neubau aus Sperrholz hinaufführte, der so hoch war wie der Hügel und in kaum mehr als einer Nacht zu Beginn des Jahres 1981 entstanden war, als wäre das Erdbeben nur ein Regenguss gewesen und die Bauarbeiter eine Art Sporen, die sich auf den Trümmern verteilten.

Dann dachte ich gar nichts mehr, denn die Straße wurde immer länger und steiler, und sie sagte mir schon seit vielen Schritten: »Mit zweiundvierzig kriegt man keine Kinder mehr.«

Das Medikament Celestone hilft dem Fötus, die Lungen zu weiten. Das wusste ich an jenem Abend noch nicht, aber ich wusste, dass der diensthabende Arzt einer Krankenschwester aufgetragen hatte, es mir zu injizieren. Und das hatte sie nicht getan.

»Das Mittel, das Sie angeordnet hatten, habe ich nicht bekommen.«

»Sie meinen die Infusion, Signora.«

»Genau, die habe ich nicht bekommen.«

Er kostete seine Autorität aus und sah mich an, als wollte er sagen: »Und wenn schon …«, was ich irgendwie ohnehin schon kapiert hatte, aber so kämpften wir wenigstens mit gleichen Waffen. Ich ausgestreckt auf einer Liege und mit einem wehenhemmenden Mittel, das mir das Herz brach, und er am Ende seiner Arbeitsschicht und auf die Ablösung wartend – aber mit gleichen Waffen. Ich wusste doch, dass ich mit irgendwem zanken würde, ob nun im Liegen oder im Stehen.

Stattdessen stritt ich mit niemandem, denn der Arzt kehrte zurück und sagte, für all dies sei es nun zu spät, sie könnten die Wehen nicht mehr aufhalten, die Kleine müsse die Gebärmutter verlassen.

»Lebend?«

»Signora… Darüber müssten Sie dann bitte mit dem Neonatologen sprechen, aber wenn Sie einen Kaiserschnitt möchten, brauche ich Ihr Einverständnis für die Anästhesie.«

»Welche Alternative gibt es?«

»Es die Natur regeln zu lassen.«

Ich schaute mich um, unter dem künstlichen Mond der Jodlampe, und sah aseptische Vitrinen voller Medikamente und chirurgisches Besteck, zwei Studentinnen im Praktikum, die sich Informationen über etwas austauschten, das sie nicht verstanden hatten, einen Mann im Kittel, der nach Desinfektionsmittel roch, und hinter dem Fenster Laternen und Straßen. Ich dachte an meinen Nachttisch, auf dem neuroleptische Tropfen und Espressotassen einander abwechselten, an das Handy, das im Gang klingelte, an den Psychologen, von dem ich seit Jahren genau das Bild von mir zurückbekam, das ich ihm gab, nur auf andere Weise verzerrt. Und mir kamen wieder die gespenstisch klingenden Worte in den Sinn, die sie in der Notfallambulanz sagten, als sie nicht weiterwussten: »Wir bringen Sie in eine Spezialklinik.« Und weil ich bei dem Wort »Natur« gleich an eine Frau dachte, die sich in ein Kornfeld hockt, um ihr Kind zu gebären, sagte ich: »Holen Sie es.«

»Das Kind wird sicher lebend auf die Welt kommen, doch es könnte kurz nach der Geburt sterben oder schwere Behinderungen davontragen, vielleicht geht es ihm aber auch gut. Wissen Sie das?

»Das weiß ich.«

»Wirklich, Signora?«

»Ich hätte in drei Monaten entbinden sollen.«

»Die Kleine wird dann sofort auf die neonatologische Intensivstation verlegt.«

Hier endete das Aufklärungsgespräch: Er hatte mich aufgeklärt und informiert, und ich hatte ihm mein Einverständnis gegeben – als hätte er mir wirklich eine Frage gestellt und als hätte ich eine Alternative gehabt! Das war eines dieser rhetorischen Spielchen, wie man sie in so vermurksten Familien wie der meinen früh durchschaut, oder kurze Zeit später in der Schule.

Aber ich hatte nichts dagegen, das Spiel mitzumachen, auf diesem Terrain fühlte ich mich ganz zu Hause, ich wusste, wie man so tut, als würde man miteinander reden oder offizielle, soziale oder auch zwischenmenschliche Aufgaben erfüllen, all dies kannte ich bestens. Damit konnte ich besser umgehen als mit einer Infusionsnadel im Arm.

Zugegeben: Einen Hauch von Überheblichkeit verspürte ich schon, aber mir war bewusst, dass ich nicht in einer Welt der Götter oder Helden lebte, und wenn man an den Säulen des Herakles vorbeikommen wollte, hieß es Augen zu und durch.

Mit der Anästhesistin unterhielt ich mich über Body Art, denn sie hatte einer amerikanischen Künstlerin als medizinische Beraterin bei einem Happening zur Seite gestanden, das bei Stadträten, Präsidenten und Lakaien für einigen Unmut gesorgt hatte. Manchmal nahmen Fabrizio und ich unsere Schüler mit auf eine Lesung oder zu einer Vernissage. Und zu dieser waren wir gegangen, weil es eine gute Gelegenheit war, das neue Museum für zeitgenössische Kunst anzusehen, ohne Eintritt zu bezahlen. In demselben Gebäude war früher das Schulamt untergebracht, und während ich den »modifizierten« Körper eines der Models betrachtete, dachte ich daran, wie oft ich hier schon in einer Schlange gestanden hatte, erst mit meinem Uniabschluss in der Hand und später – beruflich sozusagen auf dem Weg in die entgegengesetzte Richtung – mit dem alten Diplom für Grundschullehrer, mit dem ich dann endlich anfangen durfte zu arbeiten.

Luisa betrachtete die Wandmalereien, mit denen die Künstlerin den ganzen Ausstellungsraum vollgepinselt hatte, und fragte sich, wie lange es wohl dauern würde, sie wieder wegzuschrubben. Und Gaetano blieb plötzlich vor einem Anker stehen.

»Genau so fühle ich mich«, kommentierte er. Fabrizio und ich sahen uns fragend an. Dann gingen wir hinaus und halfen einer Gruppe von ausländischen Journalisten, die von sich aufbäumenden Mopeds umzingelt wurde, heil die Straße zu überqueren.

Ich konnte mich nur blass an die Installationen erinnern, aber Zuhören war meine einzige Chance, also gönnte ich der Anästhesistin ihren kurzen Ruhm und ließ sie erzählen.

Ab und zu lugte ich hinter das grüne Laken, konnte aber

nur einen schwerelos herunterbaumelnden Fuß erblicken, der wohl meiner war.

Eine der Krankenschwestern verstand meinen Blick und fragte: »Wie soll die Kleine denn heißen?«

»Sagen Sie nicht so was, ich habe Angst, das Baby zu verlieren.«

Die Anästhesistin erzählte weiter von ihrer Lieblingskünstlerin, und ich hörte ihr noch eine Weile zu, bis ich, gleich hinter dem Laken, dann aber auch schon jenseits der Tür zum OP, kurz ein ersticktes Weinen hörte, dem es an Luft fehlte.

Als sie mich besuchen kamen, konnte ich gerade wieder aufrecht stehen und laufen.

»Hast du die Kleine schon gesehen?«

»Mehr oder weniger: Sie trägt eine Augenbinde, weil sie mit UV-Licht bestrahlt wird. Und der Rest steckt in einer Windel.«

»Was haben die Ärzte *Ihnen* gesagt?«

Die anderen drehten sich erstaunt zu Gaetano um, als wäre er verrückt geworden, aber mich holte dieses »Ihnen« ins Leben zurück: Ich lächelte ihm zu.

»Nichts, keine Prognose, alles unter Vorbehalt.«

Luisa konnte mir noch schnell ein paar Tipps in Sachen Körperhygiene geben, die sich später im Bad als äußerst nützlich erwiesen, dann kreuzte pausenlos ein Krankenpfleger auf, dessen versteinerte Miene keinen Zweifel daran ließ, dass Omeletts und Fernseher und private Ärzte seiner Meinung nach nichts im Krankenhaus zu suchen hatten. Er schlug gegen die Türen, und hätten die Fenster Eisenstangen gehabt, hätte er auch gegen sie geschlagen. Dazu rief er: »Raus. Raus.«

Fabrizio gab mir einen Kuss auf die Stirn: »Wir nehmen sie mit nach Hause, Maria, jetzt bekommt sie ihre Bestrahlung und was sie sonst noch alles braucht, und dann nehmen wir sie mit nach Hause, schön braun gebrannt wie Donatella Versace.«

Die Prognose war weder für mich noch für Irene bestimmt: Sie war den Ärzten vorbehalten. Der Staat behielt es sich vor, mir nichts zu sagen.

Ständig bekam ich Geschichten über Kinder zu hören, die vor zwanzig Jahren, als die Medizin noch nicht so weit war, zu früh auf die Welt kamen. Dass sie damals in Watte gewickelt und in Pappkartons gesteckt wurden, mit heißen Wasserflaschen ringsum, in unbeheizten Häusern aus Tuffstein, und dass diese Kinder heute zwei Meter große Rugby-Spieler seien. Möglich, aber meine Kleine lag in einem neblig-weißen Brutkasten, mit einer Nahrungssonde in der Nase und einem Schlauch, der ihr den Sauerstoff, den sie sich nicht allein holen konnte, in die Luftröhre pumpte, und auf ihrer Brust klebten Elektroden, die ihre Lebensfunktionen überwachten. Durch die Klappe konnte ich sie nicht einmal liebkosen, höchstens ihre Hand. Und ihre ganze Hand war nicht einmal so lang wie das kleinste meiner Fingerglieder.

Ein Fötus sitzt in der Gebärmutter, ein Kind kommt nach neun Schwangerschaftsmonaten auf die Welt. Was ich in diesem Zimmer der Intensivstation sah, hatte nichts von alldem, also erkannte ich die Dringlichkeit eines Namens.

»Sie heißt Irene«, sagte ich, »schreibt das auf.«

Ein paar Tage später verzeichnete eine antiquierte, lebensferne Bürokratie auch ihren Nachnamen, den meinen.

In dieser Zeit erspähte mein geschultes Auge die Psychologin der Station: »Worauf muss ich mich gefasst machen?«

»Signora, ich werde Ihnen sagen, was die Ärzte in so einem Fall machen: Sie führen die Schwangerschaft zu Ende.«

»Was heißt das?«

»Dass die Kleine, wenn sie überlebt, den Brutkasten ungefähr zum errechneten Geburtstermin verlassen wird. Können wir uns duzen?«

»Können wir.«

»Maria«, sagte sie und tätschelte den weißen Kasten, »das hier ist deine Gebärmutter.«

»Ja«, antwortete ich und zerfiel in Stücke, »und die Sonde, durch die sie ernährt wird: Ist das noch die Nabelschnur oder schon meine Brust?«

»Na ja, eigentlich beides.«

»Nein. Beides geht nicht.«

»Doch, es ist so: Für die Kinder hier gibt es zwei Zeitrechnungen: eine offizielle, die das Krankenhaus aufzeichnet, und die tatsächliche, in der sie – hoffentlich – irgendwann allein zurechtkommen werden.«

»Und bis dahin?«

»Bis dahin solltest du dir Zeit für dich nehmen. Denn es wird lange dauern, dies alles zu verarbeiten.«

Wäre es eine Fehlgeburt gewesen, hätte ich die Ausschabung abgewartet, und wäre es ein Mädchen gewesen, hätte ich es im Arm gehalten. Andere Vorstellungen standen mir nicht zur Verfügung.

Ich brauchte weder eine Krankenschwester noch einen Chefarzt oder eine Psychologin, ich brauchte einen Exegeten, der mir erklärte, was das alles zu bedeuten hatte, welche zweite Realität sich hinter der für mich sichtbaren verbarg und wie es weitergehen sollte. Wenn Luisa mich unterbrach, weil sie im Text etwas nicht kapiert hatte, zeigte ich ihr die Fußnoten, Einleitungen, Nachworte und Anmerkungen, um ihr zu verstehen zu geben: Nicht *du* bist zu dumm, ohne die Kommentare von diesen ganzen Leuten hätte ich mich auch nicht zurechtgefunden.

»Die sind auch so eine Art Zeichner«, fasste Gaetano zusammen, der seinem Sohn Emanuele einmal Dantes *Fegefeuer* stibitzt hatte, mit Illustrationen von Gustave Doré. »Emanuele macht sowieso nie seine Hausaufgaben. Guckt euch das Buch doch an! Wie neu! Wenn ihr wüsstet, was es mich gekostet hat! Und er hat kein einziges Mal reingeguckt. Jedenfalls sind da zur Erklärung auch all diese Zeichnungen drin.«

Einen Exegeten wie in diesem Buch brauchte ich nun auch, denn die Situation wurde immer komplizierter.

Aber als am Abend im Krankenhaus die Neonröhren aufleuchteten, war immer noch niemand gekommen, und als es neun wurde, begriff ich, dass ich nicht auf dem Brutkasten schlafen konnte oder auf der Liege der Krankenschwestern, und ging nach Hause.

Ich habe nicht einmal verstanden, ob Irene mir nachts fehlte. Da ich ihre Anwesenheit nie erlebt hatte, konnte ich diese quälende Sehnsucht nach ihr nicht einordnen. Ich suchte sie dort, wo ich sie mir früher vorgestellt hatte, und konnte sie nicht finden. Es war unmöglich, einfach das Bild einer Wiege auf die Schlafzimmertapete zu projizieren, denn Irenes Lebensraum war die Intensivstation. Ich hatte keine Bilder.

An eine Tür der Station hatte jemand, aus fehlendem Taktgefühl oder übermäßiger Hoffnung, ein Poster von Benetton aufgehängt, mit einem riesigen, speckigen, farbigen Baby darauf, das keins von unseren sein konnte. Ich betrachtete es und schöpfte aus einem kollektiven Gedächtnis, aus einem Vorrat von Bildern fremder Kinder. Kinder von Freunden und Verwandten, Schnappschüsse aus meiner Kindheit, Digitalfotos im Anhang einer E-Mail, gesunde und kranke Kinder, im sonnenbeschienenen Kinderwagen, an der Hand wütender Mütter, die sie über die Straße zerrten, oder auf den Schultern von sri-lankischen Vätern.

Ich hatte die Bücher gesehen, in denen erklärt wurde, wie man ein Kind großzieht, und jede Menge Werbung von, über und für Kinder.

Die Krankenhauspsychologin hatte mich vor einen Schaukasten geführt, in dem Fotos von all den Kindern hingen, die lebend aus der Intensivstation herausgekommen und nun in der Schule oder am Meer waren oder mit ihren Geschwistern zankten.

Aber Irene gab es nicht. Sie war niemand, ein herausgeschälter Fötus, ein nackter Körper mit einem Herz, das hundertachtzig Mal in der Minute schlug, und einem so kleinen Kopf, dass man die Gesichtszüge nur erahnen konnte. Sie war eine Form ohne Vorbild, eine lebendige Wirklichkeit, hinter der keine platonische Idee stand, ein Individuum, das sich von keiner beispielhaften Existenz ableiten ließ.

Und ich war nicht ihre Mutter, ich war überhaupt keine Mutter, ich war ein leerer Hohlraum, der jeden Morgen eine

U-Bahn zum Krankenhaus nahm, und wenn er es wieder verließ, ging er bei einem Chinaimbiss vorbei, weil es zum Kochen viel zu spät war. Jemand, der in irgendeiner Tasche ein Buch über den Laizismus vergessen hatte und sich alle zweieinhalb Stunden von der Sitzecke im Wartezimmer erhob und sich in einer Weise zum Brutkasten schleppte, die den anderen nachvollziehbar und angemessen erschien.

In Wirklichkeit erfüllte mich ein vages Gefühl von Unschlüssigkeit, wie eine Robbe, die ihrem von Tierjägern getöteten Jungen folgt.

Als die dritte Mutter ihren Sohn zum ersten Mal gesehen hatte, lehnte sie sich an die Wand und sagte: »Ich glaube, ich bin in einem Film von diesem …«

»Von wem?«

»Na, von dem Typen mit den Horrorfilmen.«

Ich kombinierte ihr Alter und ihren Akzent und riet: »Hitchcock?«

»Genau.«

Nun stand sie da, betrachtete ein Blatt Papier, das am Brutkasten hing, und versuchte zu verstehen, was die Zahlen unter den ganzen Kurven zu bedeuten hatten. Dann sah sie die anderen an: die zweite Mutter, die erste, mich, und fragte sich, warum an unseren Brutkästen nicht auch so ein Zettel hing.

»Unterm Strich haben wir doch riesiges Glück gehabt.«

Ich sah sie grimmig an. Wir waren alle mit Mundschutz und Handschuhen vermummt und schon völlig irre vom Gepiepse der Monitore, und ich fand es völlig verfehlt, dass sie nun wieder mit ihrem »sie werden es schon schaffen« anfing. Klar, draußen in der Sonne, im Auto, am Kaffeeautomaten, da erwarteten alle derartige Gefühle von uns. Aber bitte nicht hier drin.

»Unterm Strich haben wir doch riesiges Glück gehabt.«

»Warum das denn, Mina?«

»Na, andere Mütter müssen sich mit dem Ultraschall zufriedengeben: Wir sehen alles live.«

An diesem Tag entdeckten wir die Mensa. Dort standen wir nicht mit Kranken oder ihren Angehörigen in der Schlange, sondern mit Studenten, angehenden Fachärzten und Professoren. Sie legten Wert darauf, sich standesgemäß auf unterschiedliche Tische zu verteilen, und wenn sie doch einmal gemeinsam an einem langen Tisch landeten, warteten die Studenten, bis der Professor mit dem Essen begann, obwohl sie lange vor ihm Platz genommen hatten und anschließend in die Vorlesung rennen mussten.

Mina nahm auf so etwas keine Rücksicht und nannte jeden weißen Kittel »*dottò*«, und auch ich machte mir nicht die Mühe nachzusehen, ob der Namenszug der Uni, »Federico II«, in Rot, Grün oder Blau aufgestickt war, um zu kapieren, wer auf dem Stuhl neben mir herumrutschte.

Ich hatte schon so manche Mensa von innen gesehen. Bei den Geisteswissenschaftlern hätte kein Student einem Professor den Vortritt gelassen, im Übrigen hätte das auch kein Professor je erwartet, und auch das war nur ein bestimmter Verhaltenskodex. Wurde er nicht befolgt, konnte man sich nicht mehr einordnen, oder schlimmer, die anderen konnten einen nicht mehr einordnen.

Fabrizio und ich hatten uns in der Mensa der Università

dell'Orientale kennengelernt, die war sauberer als unsere und nach einem Studentenausweis fragte dort niemand. Als noch nicht überall günstige Tagesgerichte angeboten wurden, trafen wir in der Mensa eine seltsame Spezies von Menschen, die sich über die Auswahl von Vorspeisen beschwerte, obwohl die ganze Mahlzeit nur fünfhundert Lire kostete, ein Theaterbesuch aber achttausend. Fabrizio und ich hatten diese achttausend nicht, wir hatten aber ohnehin keine Zeit fürs Theater, denn wir mussten pauken. Durch eine Prüfung zu rauschen, konnte bedeuten, dass man sich ein neues Buch kaufen musste, und wenn man ein Semester verbummelte, waren die Studiengebühren ein zweites Mal fällig. Meine Mutter schämte sich, die Befreiung für Geringverdiener zu beantragen, und mir wäre eine Befreiung für Hochbegabte lieber gewesen.

Ich besetzte die Uni und hoffte insgeheim, die Besetzung möge ein baldiges Ende haben. Was ich um mich herum sah, erinnerte mich an die Kundgebungen, von denen mein Vater erzählte, nur dass sich hinter den Philosophiestudenten, die sich nicht die Haare wuschen und immer denselben Pullover trugen, schlossähnliche Villen mit Parkettböden verbargen. Meine Kommilitonen schämten sich dafür und führten mich eilig auf die Terrasse, damit ich ihre prächtig gedeihende Marihuanapflanze bewunderte, aber wenn ich mich umdrehte, konnte ich hinter der Balustrade den Golf von Neapel und den Vesuv sehen, bis an die Stelle, wo die Punta della Campanella die Insel Capri berührt.

Dann schämten sie sich gleich wieder: »Toll, was? Aus dem Spanischen Viertel hat man wirklich eine tolle Aussicht …«

Aber das war nicht das Spanische Viertel, das war der Corso Vittorio Emmanuele, und man gelangte dorthin, indem man in Mergellina ein Taxi bestieg. Im Spanischen Viertel wohnte Fabrizio, und das erreichte man nur, wenn man noch mit Einkaufstüten in der Hand gut klettern konnte und gesunde Knie hatte, denn irgendwann endete jede Straße vor einer Treppe. Bei Regen versagte die Kanalisation, dann stopfte Fabrizios Mama allen Papier in die Schuhe und schimpfte: »Ich möchte wirklich wissen, worin der Unterschied zwischen jetzt und früher liegt, als es noch keine Kanalisation gab.«

Mir war alles recht: Ich war endlich zurück in der Stadt, nach jenem Exil in der Provinz, in das die Konservenfabrik von Cirio mich verbannt hatte, als sie meinem Vater Arbeit gab. Die Zeit, die das Studium von Aischylos mir ließ, verwendete ich darauf, die Straßen zurückzuerobern, und mir schien, als gebe es ein allumfassendes Versmaß, das ich mit jedem meiner Schritte skandierte.

Meine Entscheidung für Altgriechisch war ein zweischneidiges Schwert: Wenn ich mit Mina in der Mensa saß, wir, deren Leben mit der Intensivstation ausgesetzt hatte, umgeben von all den anderen, die sich durch einen normalen Arbeitstag bewegten, musterte ich die Körperhaltung der Chefärzte. Und obwohl ich mich bei Tisch nie auf die Ellbogen stützte, war ich mir sicher, dass meine breiter wären als ihre. Ich hatte nicht genug Zeit, all diese Dinge zu korrigieren: Es dauerte viele Jahre und viele Stipendien, bis ich mich dazu entschloss, mir neue Schuhe zu kaufen, und wenn ich mit Fabrizio auf eine Vernissage ging, wusste ich, dass alle anderen Frauen bessere Strümpfe trugen als ich, auch wenn sie von der Hose verdeckt wurden.

»Hätten Sie wohl eine Zigarette für mich, Signora?«, fragte der junge Arzt mit den blauen Augen, als er mir den Kaffee reichte.

»Dottore, ich freue mich ja, dass Sie heute die Nachtschicht bei unseren Kindern übernehmen, aber gehen Sie jetzt nicht ein bisschen zu weit? Halten Sie mich für einen Kiosk?«

Ich streckte ihm die Schachtel entgegen und hatte keinen Zweifel mehr, dass er sich die Nacht zwischen den piepsenden Monitoren zu vertreiben wusste.

»Danke.«

Ich lächelte ihm beruhigt zu.

»Marì, glaub mir, der hat ein Auge auf dich geworfen!«

»Mina, bitte! Der ist fünfzehn Jahre jünger als ich …«

»Na und?«

»Er hat mich nur angeschnorrt, weil er eine Zigarette für seinen Joint brauchte.«

»Die hätte er auch von mir haben können.«

Nach der Besuchszeit um vier Uhr nachmittags fuhr Mina nach Hause, denn sie arbeitete freiberuflich als Friseurin und bekam nach der Geburt ihres Kindes keinen bezahlten Urlaub. Sie stand jeden Morgen um sechs Uhr auf, doch ihre dumpfe Angst hatte schon viele Kunden vertrieben.

»Wovon soll ich diesen Zellhaufen, den ich da fabriziert habe, bloß ernähren?«

Ich hatte es abends nicht eilig, weil ich es von der Schule nicht anders gewöhnt war, und machte mich erst in der Dunkelheit auf den Weg. Zu Hause war es mir ein seltsamer Trost, unter keinem Mangel leiden zu müssen. Meine

Wohnung war leer wie eh und je, durch eine Verwicklung von Geschehnissen, in denen ich nicht mehr den Willen des Schicksals erkennen konnte. Nachts breitete ich mich in meinem Bett aus, streckte meine Beine links und rechts bis an den Rand, als wollte ich mir beweisen, dass die beiden Plätze keine Verpflichtung bedeuteten, und lauschte der Stille der Zimmer ringsum.

Ich mochte meine Wohnung, weil sie leer und weil sie nicht erdbebensicher war, sie besaß weder die übliche Ausstattung noch einen Sicherungskasten, eine Garage oder einen Gemeinschaftsgarten. Mein Haus stand wie ein verrosteter Nagel auf einer der griechischen Hauptachsen der Stadt.

Ich wischte den Fußboden, kaufte mir ein Paar neue Stöckelschuhe, um sie auf den neapolitanischen Graniglia-Fliesen klappern zu hören. Wenn ich die Stützbalken der Tür sah, breit wie die Mauer aus Tuffstein dahinter, hatte ich den Eindruck, sie wären der Rahmen und ich das dazu passende Gemälde.

Nichts in meinem Leben hat mir je ein solches Gefühl von Geborgenheit gegeben wie die riesige gusseiserne Klinke, die die Eingangstür seit hundert Jahren verschloss, nichts war je so vollkommen und so frei wie meine Einsamkeit in dieser Wohnung.

Ich habe moderne Häuser immer gehasst, wobei moderne Häuser in der Provinz sehr alt sein können. Gerade noch dem Regulierungsplan entkommen, wurden sie hochgezogen, noch bevor es Straßen gab, eingerichtet, bevor die Heizung funktionierte, und mit Fernsehern ausgestattet, bevor die Post hierherfand: In so einem Haus verlebte ich jene Zeit der Sprachlosigkeit, die meine Jugend war.

Im Juli des Jahres 1973 durchquerte meine Mutter zu Fuß die halbe Stadt und wartete stundenlang vor einer Bäckerei, ob etwas Brot hinausgeworfen wurde, als ein paar junge Männer in unterschiedlichster Arbeitskleidung die Bäckerei überfielen. Meine Mutter schaffte es, ein zwei Kilo schweres Landbrot mit nach Hause zu bringen und erzählte meinem Vater am Abend nichts, denn mein Vater kaufte nur sonntags die Zeitung und würde sich noch früh genug aufregen. Von unserer nach Turin ausgewanderten Tante wussten wir, dass die Drosselung der Preise die Menschen oben im Norden beruhigte, aber bei uns hatte schon die minimale Verteuerung des Mehls für einen Aufstand gesorgt.

Das Einzige, was Mama an jenem Abend sagte, war: »Ich glaube, ich bin wieder schwanger.«

In diesem Sommer herrschte eine brütende Hitze, der Lago Fusaro trocknete aus, und die Muschelbänke unterhalb des Castel dell'Ovo verwandelten sich in einen Pfad aus knirschendem Asphalt: Eines Tages Anfang September, als ich in der Schule war, fuhr mein Vater meine Mutter zum Palasport in Bagnoli. Nach vierstündigem Warten unter einer glühenden Plane injizierten ihr die Ärzte des amerikanischen NATO-Stützpunkts mit einer Luftdruckpistole einen Impfstoff. Der darin enthaltene Vibrione besaß die Form eines Kommas und sollte sie und das Kind, das sie in sich trug, vor der Cholera schützen, aber das Komma war nicht das richtige, denn diese Cholera, die mit Ratten und Exkrementen aus der Via Caracciolo hervorquoll, hatte einen ganz neuen Biotyp. Der Impfstoff hätte zu der Zeit gepasst, als Matilde Serao *Der Bauch von Neapel* schrieb, aber seitdem waren hundert Jahre vergangen, und die Vibrionen hatten sich verändert. Anders als die Kanalisation und der medizinische Notstand. Bevor Staatspräsident Leone sich bei seinem Besuch im Ospedale Cutugno die rechte Hand wusch, bekreuzigte er sich, und dann wurde meiner Mutter schlecht.

»Das war die lange Warterei in der Sonne«, sagte mein Vater, »gehen wir Maria von der Schule abholen.«

Ein paar Tage später wurde der richtige Biotyp geliefert, und in der Region startete man eine Kampagne zur Wiederholungsimpfung. Als meine Mutter den Piekser spürte, brach sie zusammen. So blieb ich immer Einzelkind. Ein paar Monate lang wiederholte sie, immer lauter, um sich endlich Gehör zu verschaffen bei mir, meinem Vater und beim Allmächtigen: »Ich hätte Nein sagen müssen. Ich hätte es nicht zulassen dürfen, ich hätte Nein sagen müssen.«

Indes schimpfte mein Vater auf das System, und er schimpfte kräftig, um seinen Schmerz zu übertönen: »Von wegen Epidemie! Vor hundert Jahren starben achtzehntausend Menschen, und jetzt gerade mal achtunddreißig ... Jetzt muss wieder irgendein Schuldiger her. Überall sehen sie das Grauen, unterm Vulkan, in den Muscheln, nur weil sie es nicht wagen, dem wahren Übel ins Gesicht zu sehen.«

Oder er schlug mit der Faust auf den Tisch: »Diese verdammten Amerikaner wollten sich nur wieder aufspielen, was für ein Zufall, dass sie mitten im Kalten Krieg das richtige Impfmittel parat hatten!«

Mein Vater war böse auf die Amerikaner, weil sie ihm als Sechzehnjährigem beigebracht hatten, starke filterlose Zigaretten zu rauchen, die sie ihm im Hafen zusammen mit Kondensmilch und Schokoladentäfelchen schenkten. Und er war böse auf die Italiener, denn als wir auf dem Weg zu meiner Tante in Turin unterwegs übernachten wollten, war angeblich »Alles belegt«, als der Gastwirt das Nummernschild NA sah.

Meine Mutter war nur auf sich selber böse und sagte immer noch: »Ich hätte es nicht zulassen dürfen.«

Bis sich mein Vater entschloss, die Stadt zu verlassen, und die Stelle bei Cirò annahm, dreißig Kilometer weiter südlich.

»Wir ziehen um. Das ist eine ruhige Gegend, da passiert nichts. Da ist nichts los.«

Und in dieser reglosen Gegend war ich dazu verdammt, mein Abitur an einem pädagogischen Institut für Grundschullehrer zu machen.

Eigentlich hatte ich nichts gegen die Provinz, trotzdem war ich unglücklich: Ich fühlte mich den Blicken der anderen ausgesetzt und dachte sehnsüchtig an die Stadt und ihre glorreiche Menschlichkeit, die einen umarmte und wieder losließ, wenn man um die Ecke in die große Straße einbog. Die Provinzstadt ließ sich in einer reichlichen halben Stunde zu Fuß durchqueren, und es gab keinerlei Höhenunterschiede, abgesehen von den Fußgängerbrücken über Zugschienen, die nicht zu einem Bahnhof führten, sondern nur immer weiter von Norden nach Süden das Tyrrhenische Meer entlang. Wenn ich am Bahnübergang zwischen Fahrrädern und Arbeitern darauf wartete, dass die Schranken sich wieder hoben, träumte ich immer davon, in dem Zug zu sitzen, der uns den Weg versperrte. Es gab nur einen einzigen Bus, den die Alten nahmen, oder Frauen, die zum Einkaufen auf den Markt fuhren, und den Gedanken, dass keine weiteren Buslinien nötig waren, empfand ich als beklemmend und verwirrend.

Ich war zur falschen Zeit am falschen Ort. Hin und wieder nahm Mama mich mit in die Stadt, aus Nostalgie oder um Schaufenster anzuschauen, obwohl die sonntags hinter Rollläden versteckt waren. Dann verlor sich mein Unbehagen in einer Million oder mehr Einwohnern, löste sich allmählich auf und verschwand.

Die Äußerungen meiner Schulkameraden und der Erwachsenen, die sich oft dazugesellten, Nachbarn aus dem Haus oder Kollegen meines Vaters, versandeten an einem bestimmten Punkt stets im Nichts, endeten vor dem Unsagbaren: Wie tausend andere Familien erfreuten auch wir uns an diesen halb verschluckten Sätzen, an überstürzten Urteilen über Dinge oder Personen, an Themen, die man nicht diskutierte, sondern lieber gleich zu den Akten legte, um keine Gräben aufzureißen. Ein Kino mit nur einem Saal.

Der gesunde Menschenverstand, der durchaus sinnvoll sein mochte, bestimmte den Geist der Provinz und die Seele unserer Familie, doch für mich, die ich mich mit ganzer Kraft gegen die herrschenden Umstände wehrte, war er unverkennbar der hinterhältige Feind, der mein Glück bedrohte. Ich hatte den Eindruck, alle anderen ließen sich dahintreiben, während ich mich der Strömung, die an mir zerrte und nagte, voller Hass und wie ein Fels in der Brandung entgegenstellte. Ich befand mich in einem aussichtslosen Kampf, und dieser Kampf hat nie geendet.

In meinem Elternhaus herrschte ein großer Widerspruch zwischen den politischen Appellen, die mein Vater an die Fabrikbonzen richtete und von denen er uns beim Abendessen stolz erzählte, und den faulen Tricks, auf die meine Eltern zurückgriffen, damit ich am pädagogischen Institut der besten Klasse zugeteilt wurde. Und das eine speiste und kaschierte das andere.

Die ganze Provinz wirkte auf mich, als betrachte man

diese Parodie durch ein Vergrößerungsglas: ein Land gewordenes Familiendrama.

Die zweite Mutter war neunzehn und hatte Zwillinge, einen Jungen und ein Mädchen, in zwei Brutkästen, die einander gegenüberstanden. Sie hatte den Vater der Kinder erst im Sommer kennengelernt, auf einer Rollschuhbahn in Baia Domizia. Nach einem Tag am Meer hatte er sie auf seinem Mofa mitgenommen, auf der Fahrt nach Hause hatte sie sich wunderschön gefühlt, obwohl sie dünner war als heute und ihre Zähne alle Karies hatten. Er war Mechaniker, zweiundzwanzig, und hatte ihr nicht die Zeit gelassen, Zweifel zu entwickeln. Ihrem Hochzeitskleid sah man an, dass sie zu zweit waren in ihrem Bauch. Nun pendelte er zwischen Werkstatt und Intensivstation hin und her: Wann immer es möglich war, stahl er sich davon und kam ins Krankenhaus, umarmte seine Frau in der Sitzecke, und dann erzählten sie uns, wie die Zwillinge entstanden waren – der reinste Videoclip. Manchmal war er so müde, dass er mit dem Kopf auf ihrem Schoß einschlief.

Ihrem Mädchen ging es nicht gut, es wuchs nicht, sondern blähte sich auf: Instinktiv ging die Mutter immer zu ihm, denn mit den Ärzten sprachen sie nie, und die Ärzte sagten ihnen nichts. Sie beauftragte ihren Mann, nach dem Jungen in dem anderen Brutkasten zu sehen, und kreiste um das Mädchen, konzentriert, ohne etwas zu sagen, ohne die Klappen zu öffnen. Sie betrachtete die Kurven auf den Monitoren und dachte, sie träten aus dem Körper ihrer Tochter, sie stand da und schaute sie an, wie man sich Wellen anschaut.

Ich versuchte mich zu erinnern, was ich mit neunzehn

an irgendeinem Dienstagnachmittag gemacht hatte, konnte mich aber an nichts Besonderes erinnern. Vielleicht beschäftigte mich die schwierige Frage, ob ich lieber Literatur oder Philosophie studieren sollte.

»Maria.«

»Ja?«

»Was meinst du, warum ist die Kleine so aufgebläht?«

»Ich glaube, es sind die Nieren, frag doch mal den diensthabenden Arzt, vielleicht ist es ja völlig harmlos.«

»Das ist nicht harmlos: Sie ist gelb.«

»Vielleicht auch die Leber, du musst den Arzt fragen, Rosa… Dottore, hier ist eine Mutter mit einer dringenden Frage.«

»Nur zu, Signora Rosa.«

»Warum ist die Kleine so aufgebläht?«

»Weil es ihr nicht gut geht.«

»Aber sie wird doch gesund?«

»Schwer zu sagen… Aber Sie haben doch noch den Jungen, an dem Sie sich erfreuen können.«

»Dottore, was Sie da sagen, das verstehe ich nicht.«

Der Monitor war ein grauer oder blauer Kasten, der auf einer Halterung thronte wie eine Lautsprecherbox und aus dem lauter Kabel zusammen mit unzähligen anderen Schläuchen in die Brutkästen führten. Ihre Farben hatte ich öfter gesehen als Irenes Augen.

Wenn ich sie an manchen Tagen auf dem Bauch statt auf dem Rücken liegen sah, war ich nach anfänglicher Verwirrung gerührt, dass sie einen Rücken hatte. Irene roch nach nassem und überhitztem Plastik, an manchen Abenden kam ich nach Hause und hatte tiefe blaue Furchen in der Mitte der Unterarme, vom Gewicht meiner auf die Ränder des Brutkastens gestützten Arme. Ich trug keine Armbanduhr mehr, keine von uns trug eine, denn aus hygienischen Gründen sollte sie beim Desinfizieren der Hände ausgezogen werden, und das Desinfizieren der Hände war zu unserem Lebensinhalt geworden. Ich maß die vergehenden Tage an der Länge von Irenes Hand neben meinem ersten Fingerglied ab.

Die Schwestern wollten nicht, dass wir uns den anderen Brutkästen näherten. Sie sorgten dafür, dass wir die Privatsphäre respektierten, indem sie uns wie Marktfrauen zuriefen: »Hier kümmert sich jeder um seinen eigenen Kram!« Also tuschelten wir heimlich miteinander und lauerten darauf, dass sie sich in die Beschreibung des neuesten Angetrauten von Simona Ventura vertieften, um unsere Sorgen loszuwerden oder uns gegenseitig Trost zu spenden.

Nach kurzer Zeit hatte ich gelernt, die Sprache der Geräte zu entziffern, und ich gab Rosa, Mina und der ersten Mutter eine kurze aufwieglerische Lektion. Ich erklärte ihnen, dass es den Kindern nicht unbedingt schlechter ging, wenn die Kurven sich veränderten, sondern dass es nur kein gutes Zeichen war. Dass die Sättigung die Sauerstoffmenge war, die ins Blut drang, und dass sie in der blinkenden Zahl ganz oben stand, dass die Atemfrequenz im Vergleich zu den anderen Werten relativ belanglos war.

Und dann gab es noch eine blinkende LED-Anzeige auf hellem Hintergrund, die aussah wie der Balken von *Word* oben auf der Seite, bevor man das erste Wort eintippt: Das war der Herzschlag.

Fabrizio und ich hatten den Fernseher mitten im Zimmer aufgestellt und sahen die Minuten vergehen wie bei einer Schachpartie. Es war die erste gemeinsame Wahldiskussion der beiden Kandidaten, und ich war in der beneidenswerten Position, sowohl den einen als auch den anderen peinlich zu finden.

»Was hast du erwartet?«

»Dass Prodi aufsteht und uns einen Brief von Gramsci aus dem Gefängnis vorliest.«

»Maria, du musst wieder zur Arbeit kommen.«

»Ich bin im Mutterschutz.«

»Nimm ihn doch später, wenn Irene zu Hause ist.«

»Ich kann nicht.«

»Du kannst: Du arbeitest in einer Abendschule, lass den letzten Besuch im Krankenhaus aus und komm in die Schule.«

»Und wenn Irene es nicht aus dem Krankenhaus schafft, gibst du mir dann die verpassten Besuche zurück?«

»Irene schafft es.«

»Ach, Entschuldigung, das hatte ich ja ganz vergessen.«

»Niemand hat etwas davon, dass du elf Stunden täglich dort bist.«

»Aber-du-hast-etwas-davon-wieder-zu-arbeiten-dir-muss-es-gut-gehen-du-musst-Kraft-holen-für-die-Zeit-wenn-sie-draußen-ist-Maria-du-musst-an-dich-selber-denken. Jaja, ich weiß.«

»Hier: Deine Schüler haben mir ihre Aufsätze gegeben, damit du sie korrigierst. Soll ich sie wieder mitnehmen?«

»Hat meine Vertretung den Aufsatz aufgegeben?«

»Nein, du.«

»Hm …«

»Soll ich sie wieder mitnehmen?«

»Nein, ist gut, lass sie hier: Wer weiß, wie unfähig die Vertretung ist. Ich werfe lieber selber ein Auge drauf. Ich nehme sie mit ins Krankenhaus. Und wie läuft es bei dir?«

»Es geht, meine Schüler haben Schwierigkeiten mit der Lektüre.«

»Was ist es denn?«

»Eine Seite aus den *Promessi sposi.*«

»Kein Wunder.«

»Der Auszug stammt aus unserem Arbeitsbuch, aber er ist voller altertümlicher Konstruktionen. Sie stolpern schon über die normalen Präpositionen.«

»Lass sie doch Maupassant lesen.«

»Maupassant?«

»Ja, oder Flaubert.«

»Flaubert? Habe ich Französisch studiert, oder was?«

»Blödmann, natürlich auf Italienisch. Lass sie die Franzosen auf Italienisch lesen.«

»Herr im Himmel, bei all der Literatur, die wir haben, soll ich sie eine Übersetzung lesen lassen?«

»Gerade deshalb: etwas Einfaches, ohne viele Schnörkel. Fabrì: Die sollen nur lernen, Italienisch zu sprechen, und nicht die Beulenpest ausschwitzen.«

»Aber wie sollen sie dann die Prüfung schaffen?«

»Ich habe Inhaltsangaben zu allen Kapiteln der *Promessi sposi.*«

»Hast du die für deine Schüler gemacht?«

»Nein, für mich. Sie stehen in meinem Heft der vorletzten Klasse.«

»Was für eine Streberin, *mamma mia.*«

»Erste Reihe Mitte, von der zweiten Grundschulklasse bis ich dich kennenlernte.«

Ich besuchte eine Provinzschule, ich musste also gut sein, das war meine einzige Rettung. Ich würde Jura studieren, und da mein Vater kein Rechtsanwalt war, müsste ich erst einmal für lau bei einem dieser Typen anfangen, neben deren Klingel ein riesiges Schild hing, wie ein Grabstein zu Lebzeiten.

Vielleicht lag hier der Ursprung von allem, denn wenn Irene aufhörte zu atmen, spürte ich gegen meinen Willen einen Hang zum Opfer, der sich in mir eingenistet hatte und erst jetzt bemerkbar machte. Und mir ist auch klar, dass die Psychologin aus diesem Grund ihren Kittel ablegte und in Zivil mit mir draußen eine rauchen ging, sie wollte mir helfen zu verstehen, dass das falsch war.

Aber sie war in der Stadt aufgewachsen, was wusste sie schon von den Sonntagabenden nach den Sonntagnachmittagen, wenn alle Bücher ausgelesen waren und nur eine 2,75 Meter vom Bett entfernte erdbebensichere Zimmerdecke blieb. In der Umgebung, in der ich aufgewachsen war, war das im Übrigen gar nicht mal so selten: Es gab viele solche Erbsünden. Nach fünf bummelte man die Hauptstraße rauf und runter, oder man ging irgendwo einen Espresso trinken, und ewig saß einem das Schuldgefühl im pelzumhüllten Nacken. Es war nicht einmal nötig, die Technik zu verfeinern, sich eine außergewöhnliche Droge zu suchen oder die Wände eines Hotels mit Zigarettenqualm zu schwärzen: In der Provinz der Arbeiter fügte man sich Leid zu, indem man Opfer brachte.

Jetzt musste ich mir nur noch abgewöhnen, an die Verkettung von Ursache und Wirkung zu glauben. Seit zweiundvierzig Jahren hatte ich ihr dankbar vertraut, und ein Großteil der westlichen Gesellschaft hatte sich ebenso in der Welt eingerichtet. Ich sah die Kinder im Hof, denen der Zutritt zum Krankenhaus untersagt war. Auch sie wussten: Fällt er in den Sumpf, macht der Reiter plumps. Und plumps machen konnte er nur, wenn er vorher vom Pferd gefallen war.

Es war immer so gewesen. Damit die Ursachen den Wirkungen entsprachen, hatte ich die Philosophie einiger Jahrhunderte rauf- und runtergelesen, und wer in einem Buch den Bosporus überquerte, in die eine oder in die andere Richtung, hatte Nachkommen, die den natürlichen Ursprung von Freud und Leid bekundeten; außerdem gab es die Notwendigkeit, ein bestimmtes Resultat zu erhalten, wenn man in der Mathematik bestimmte Begriffe, in der Chemie bestimmte Substanzen oder in der Linguistik bestimmte Phoneme vorgab.

Überall wurde ständig gepredigt, was zuerst passierte und was danach. Diese antrainierte Sichtweise ließ mir keinen Freiraum angesichts des Schmerzes, sie erlaubte mir nicht zu sagen »so etwas passiert eben« und »das liegt nicht in unserer Hand«. Es gab mir immer das Gefühl, ich sei die Ausnahme von der Regel.

Es gestattete mir nicht, mich der Zufälligkeit des Unheils zu ergeben.

Andere Gleichungen gingen unterdessen auf. Ich hatte zugestimmt, dass an Irenes Inkubator eine rosa Wolke mit ihrem Namen angebracht wurde. Die Psychologin hatte sie mitgebracht, und die Krankenschwestern waren ihr behilflich, sie so zu befestigen, dass sie nicht im Weg waren, und schoben die spitzenverzierten Madonnen und Heiligenbildchen zur

Seite, die die Mütter in jede Lücke und Ritze der Brutkästen quetschten, als wären sie Heiligenschreine. Diese Wolken kamen wohl von einer amerikanischen Direktive zum Umgang mit dem Seelenzustand von Eltern, deren Kinder auf der Intensivstation lagen, wahrscheinlich stand es in irgendeinem Ratgeber, der ohne Weiteres auch in der Bibliothek der Uniklinik zu finden gewesen wäre. Aber das wusste ich nicht mehr.

Dabei hätte ich am Abend eine Suchmaschine öffnen können, wie ich es seit Jahren tat, wenn irgendwas meine Neugier weckte, ein Ereignis, eine Person oder der Name eines Mannes, der mir gefiel. Ich musste nur das Wort »Frühgeburt« oben links ins Fenster tippen, und schon täte sich die einsame gemeinsame Welt des Netzes vor mir auf wie gewohnt: Vielleicht wäre ich auf ermutigende Blogs gestoßen, die genau in dieser Sekunde ein Fenster auf das Morgengrauen in Michigan öffneten, und ich hätte mich mit dem bisschen Englisch, das meine italienische Schullaufbahn mir zugestanden hatte, an dem Chat beteiligen können. Ich hätte auch auf mein altbewährtes Hilfsmittel zurückgreifen können: eine neu überarbeitete Bibliographie, die schon wieder veraltet war, denn die Herzen schlugen schnell, noch vor ein paar Jahren hätte sich die Medizin nicht getraut, diesen winzigen Körpern eine Chance zu geben, die so unwirklich waren wie in einem Science-Fiction-Film oder einem Schauerroman.

Doch ich hatte weder den Computer eingeschaltet noch eine Zeile gelesen, um mich schlau zu machen. Ich sagte mir: Selbst wenn ich jetzt anfinge, Medizin zu studieren, würde ich es nicht mehr rechtzeitig schaffen. Die Forschung oder wie auch immer geartete wissenschaftliche Annäherung nützte mir genauso wenig wie die Möglichkeit, einem Simulacrum zum Leben oder zum Tod zu verhelfen, indem ich ihm den Namen Gottes unter die Zunge legte.

Mit großem Wohlgefallen sah ich nun die anderen mit der »Gente« oder der »Novelle Duemila« in der Hand im Wartezimmer und lieh sie mir aus, um mich abzulenken, wie auf einem Entzug. Doch zur selben Zeit arbeiteten in Übersee emsige Psychologen an Theorien, die uns galten und auch umgesetzt wurden, und so waren unter dem feierlichen Lächeln des Chefarztes rosafarbene und blaue Wölkchen mit den Namen der Kinder auf die Station geweht.

Eine dieser immer wiederkehrenden Kalkulationen bestand darin, dass eins von vier Wölkchen verschwand.

Eine weitere Statistik besagte, dass Kinder, die nach fünfzig Tagen noch nicht atmen konnten, starben. Ihr Zustand verschlechterte sich so sehr, dass auch die Maschinen nichts mehr ausrichten konnten. So geschah es, dass wir eines Morgens ins Krankenhaus kamen und in unserer Zahlenreihe ein Brutkasten fehlte. Dass wir den Kaffee, den uns ein müdes Elternpaar noch am Tag zuvor am Automaten spendiert hatte, nicht mehr erwidern konnten. Manchmal geschah es am Nachmittag: Plötzlich heulte ein Überwachungsgerät auf, die Ärztinnen eilten herbei und schickten uns in resolutem Ton nach draußen. Sekunden später fanden wir uns in der Sitzecke wieder, die Hände vors Gesicht geschlagen. Dann wurde ein Babybett aus durchsichtigem Plexiglas vorbeigeschoben, offen, weil nicht mehr wichtig war, ob Luft oder Sauerstoff hineindrang. Die Ausmaße von Brutkästen und Särgen waren absolut identisch.

Wir gewöhnten uns an den Tod, so wie Soldaten es im Krieg lernen.

Gelegentlich wünschte ich ihn mir herbei, damit diese Angst ein Ende hätte und damit er deutlich sichtbar würde, ohne die ständigen Zweifel und diese Ungewissheit.

Und dieser Gedanke existierte in demselben Raum wie die Hoffnung.

Meine Freunde machten sich rar, nicht aus Überdruss oder weil ich meinte, es alleine zu schaffen, aber wenn ich sie betrachtete, hatte ich das Gefühl, in ihrem diffusen Kummer ein verwackeltes Abbild meines Schmerzes zu sehen. Um niemandem zu viel zuzumuten, rief ich sie reihum an, ich wusste, dass die Neuigkeiten rasch per Telefon die Runde machten. Aber ich konnte eben nur über Neuigkeiten sprechen, irgendwelche Zahlen nennen und darauf hoffen, dass sie die daraus resultierende Enttäuschung oder Hoffnung erahnten. Blieb ein Wert mehrere Tage im Morast stecken, ohne sich zu verändern oder aufzulösen, gab es nichts mehr dazu zu sagen.

Der normale Alltag war mir vertraut genug, um zu wissen, dass die rastlosen Stunden der anderen nichts mit unserer ausgeweiteten und stillstehenden Zeit gemein hatten, die bis zum Abend in den Schichten von Kommen und Gehen verlief und zu Hause, von meinem Balkon aus, dann in kleinen Rinnsalen versickerte bis zu dem Stückchen Meer, das ich zwischen der Satellitenschüssel meines Nachbarn und der Kuppel von Santa Maria Donnaregina sehen konnte. Ich stand da und rauchte, die Zigarette tat ziemlich weh, und der Nordwind war ziemlich kalt, und die Vorstellung, dass Irene nie sehen würde, was ich sah, war mir unerträglich. Wen sollte ich anrufen, wenn die Zigarette aus war? Was konnte ich sagen? Das, was schon alle wussten: Ich war allein zu Hause und Irene war im Krankenhaus.

In meinem Schmerz war ich wählerisch: Ich wählte Fabrizio.

Sehr oft schaltete ich mein Handy aus. Oder ich ließ es einfach mit den Namen meiner Liebsten auf dem Display klingeln, um zu signalisieren, dass ich die Einsamkeit vorzog. Sie hatten Verständnis, und auch über die Entfernung konnte ich spüren, dass sich dort, wo früher Vertraulichkeiten am Strand, durchzechte Winternächte oder die letzte Kaffeepause an der Raststätte auf dem Nachhauseweg gewesen waren, um mich herum ein Vakuum gebildet hatte. Ich spürte, dass diese Nähe nach wie vor existierte, doch ich konnte keinen Gebrauch davon machen. Eines Nachmittags traf ich zufällig Francesco auf der Piazza del Gesù Nuovo, nachdem wir uns ein paar Wochen nicht gesehen hatten, wir gingen ohne ein Wort aufeinander zu, und ich schüttete ihm meinen ganzen Kummer darüber aus, ihn hier auf dem Platz an einem Nachmittag zu sehen, der wie jeder andere früher hätte sein können und durch einen Zufall, wegen einer klitzekleinen Besonderheit in meinem Bauch und in Irenes Lungen, nie wieder so sein würde.

Ich erhielt Einladungen. Stella rief mich an und wollte, dass ich zu ihrer Geburtstagsparty kam, und von allen Seiten boten sich Autos an, die bereit waren, mich abzuholen und wieder nach Hause zu bringen. Ich wartete den ganzen Tag darauf, dass es Zeit war, mich umzuziehen und zu schminken, aber um Viertel vor neun rief ich Stella an und erklärte ihr, dass es mir zu anstrengend sei und ich an ihrem Festtag nicht in Tränen ausbrechen wolle, und dann weinte ich aus genau diesem Grund los.

Hätte es die Möglichkeit gegeben, dass nur einer meiner

Freunde von dem Sofa, auf dem er gerade saß, aufgestanden wäre, sein Weinglas abgestellt und der Musik den Rücken gekehrt hätte, um mich ins Krankenhaus zu begleiten, die Schwelle zur Intensivstation zu überwinden und sich nur dieses eine Mal an meiner Stelle von der professionellen Besonnenheit der Ärztin überrollen zu lassen, die mir bei jeder Besprechung den Atem stocken ließ, dann hätte ich angerufen. Doch das Gesetz lautete: »Nur die Eltern«, und der einzige Mensch auf der Erde, der diese Bürde mit mir hätte tragen können, hatte weder unter seinen Büchern noch unter seinen Chromosomen *Das Prinzip Verantwortung*.

»Den Tag leben und auf morgen hoffen«, sagte die Ärztin und führte mich in einen Nebenraum, in dem bereits ihr ganzes Team wartete. Beruhigende Mienen, die zwei Stunden zuvor den schwächeren von Rosas Zwillingen in einem dieser durchsichtigen Babybettchen ins Totenzimmer geschoben hatten.

»Heute Morgen haben wir bei Ihrer Tochter eine Ultraschalluntersuchung der Fontanelle vorgenommen und eine Blutung entdeckt.«

»Wo?«

»Intraventrikulär. Das ist bei Frühgeborenen verbreitet.«

»Was heißt das?«

»Kommt drauf an: Das Blut hat sich in einem Hohlraum angesammelt. Es könnte dort verbleiben und absorbiert werden. Es kann aber auch sein, dass sich die Blutgefäße des Gehirns ausgedehnt haben, tja, und dann … Ich meine: Ob sie mit zehn Monaten das erste Wort spricht oder mit einem Jahr läuft? Man wird sehen, Signora.«

»Und woher wissen wir, ob sie sich ausgedehnt haben?«

»In zwei Wochen machen wir wieder einen Ultraschall.«

»Ja, aber was werden Sie bis dahin tun?«

»Abwarten.«

»Na, das kann ich auch.«

»Sie können auch hoffen, Signora.«

»Nein, hören Sie, Sie machen Ihre Arbeit, ich mache meine. Und lassen wir die Priester ihre Arbeit tun.«

»Jetzt hassen Sie uns, aber das ist normal.«

»Nein, das Problem ist ein anderes: Sie müssen lernen, über Ihr Wissen zu reden. Hassen, hoffen, was hat denn das hier zu suchen? Es reicht! Lernen Sie endlich, mit Ihrer eigenen Sprache zu reden. Wenn Sie Ihre eigene Sprache benutzen – entschuldigen Sie, dass ich weine, hoffentlich nehmen Sie meine Worte trotzdem ernst, Entschuldigung, das gilt auch für *Sie* –, wenn Sie nur Ihre eigene Sprache benutzen, man nennt das dann Fachsprache, machen Sie sich nie lächerlich.«

Der junge Arzt sah in eine andere Richtung. Ich spürte, wie seine blauen Augen sich mit den Nadeln der Pinie hinter dem Fenster vermischten.

»Ich wollte damit nur sagen, dass wir vieles nicht wissen. Dafür ist es noch zu früh, da herrscht große Ungewissheit. Wie soll ich sagen, Signora: ein leeres Zimmer, und keiner kann sagen, was darin passieren wird.«

»Verstehe, gutes Gelingen.«

Den Tag leben und auf morgen hoffen. Das war mir unmöglich, das hatte ich nie gelernt.

Als Kind unternahm ich endlose Reisen in den Norden.

Hinter Caianello ging die Autobahn ein Stück bergauf, nicht steil, aber ein paar Kilometer lang konnte ich genau vor unserem grünen Fiat 124 ganz oben auf dem Gipfel die anderen Autos sehen. Es gab zwei Punkte: Einer war ich, und der andere waren die Autos dort oben.

In diesem Augenblick hätte ich es nie für möglich gehalten, dass wir es dort obenhin schaffen würden.

Das Problem war nicht das Auto. Mein Vater schaffte es, den Fiat, meine Mutter, die kaum auf den Sitz passte, mich, die auf dem Plastikbezug schwitzte, und die vielen Kilo Mozzarella, die wir meiner Tante in Turin mitbrachten, auf den Berg hinaufzuschleppen, als säße er am Steuer eines Lamborghini.

»Was dieses Auto kaputtmacht, sind die Scheißstraßen in diesem beschissenen Neapel. Die Autobahn ist die reinste Wohltat für das Auto«, erklärte er meiner Mutter, die während der ganzen Fahrt mit der rechten Hand den Haltegriff umklammerte wie in der Straßenbahn.

Sie hatte die Fahrprüfung zwar erfolgreich bestanden, war aber nie aus unserer kleinen Straße hinausgekommen; denn als sie es das erste Mal mit dem vorläufigen Führerschein versuchte, saß mein Vater an ihrer Seite, der den Zeiger des Drehzahlmessers vibrieren sah wie eine *Slot machine* und fragte: »Willst du etwa die ganze Stadt im ersten Gang durchqueren?«

Also wechselte sie unter lautem Knirschen den Gang, worauf Papa an der Handbremse zerrte, als wolle er sie herausreißen, und ihr von innen die Fahrertür öffnete: »Steig aus: Das ist nichts für dich.«

Mama schien sich nicht viel daraus zu machen: Auch sie war überzeugt, dass es nichts für sie war, sie wollte mich nur mit dem Auto zu meinem privaten Griechischunterricht fahren, da sie sich nun schon in die Schulden gestürzt hatten, um meinem Drängen nachzugeben, und sie bei den Schwestern meines Vaters damit prahlte. Und vielleicht hätte es ihr noch gefallen, damit zum Supermarkt zu fahren, in den unsere Provinz mündete und vor dem es einen praktischen großen Parkplatz gab.

Aber meine Mutter war eine Frau, die mit Gewissheit wusste: Solange sie einen Ehemann hatte, kutschierte er sie durch die Gegend. Und solange er lebte, wäre er ihr Ehemann.

Meine Mutter fragte nicht nach dem »Warum«: Sie hätte den Rat der Ärztin besser verstanden als ich, hätte den Tag bis zum nächsten Morgengrauen gelebt, ohne sich Fragen zu stellen, und fest an Irenes Überleben geglaubt, ohne Angst vor Behinderungen.

Die Konsequenz tritt auf der Ebene des Daseins auf: Behinderungen gibt es erst nach dem Überleben, also erst für dieses sorgen, und dann geht es weiter. Das Morgen kommt nur, wenn das Heute vergeht, also das Heute annehmen, und dann geht es weiter.

Den Tag leben und auf morgen hoffen. Der Rest zählte nicht oder wenig, und ihn mit Gewesenem zu verknüpfen, schien ohnehin müßig: Ihren Führerschein hatte sie längst vergessen, als mein Vater zum ersten Mal von seinem Lungenkrebs geschüttelt wurde und sich beim Husten krümmte. Sie sagte nur: »Denk dran, dass du dich selbst ins Krankenhaus bringen musst.«

Zu Beginn dieser Steigung auf der Autobahn befand ich mich in einem Zustand von Kitzel und Anspannung, wie jemand, der sich aus Neugier zu weit über ein Geländer lehnt: »Ich glaube, wir schaffen es nie bis da oben.«

»Von wegen!«, protestierte mein Vater. »Und vorher hole ich sogar noch den roten Golf ein!«

»Was redest du denn da, Maria?«, meine Mutter drehte sich besorgt zu mir um. »Warum sollten wir es nicht schaffen? Wir haben es immer geschafft. Alle schaffen es ...«

Sie spürte, dass das Problem ganz woanders war, in meinem Kopf, nicht in der Logik, und sie gab mir banale Antworten, um die Bedenken und das Gefühl des Scheiterns zu verstecken, das Mütter immer haben, wenn sie ahnen, dass ihre Kinder unglücklich sein könnten. Und ich antwortete: »Ich weiß«, denn das stimmte, aber an meinem Gefühl änderte es nichts.

Der Krebs war für meinen Vater halb so schlimm: Am meisten litt er darunter, auf einen Lohnausgleich angewiesen zu sein und vorzeitig zu Hause bleiben zu müssen, lange vor der Rente.

»Wir hätten nach Turin ziehen sollen, wie meine Schwester.«

»Warum gehen wir nicht zurück nach Neapel?«, machte ich einen Versuch, mit dem Hirngespinst der Großstadt im Kopf, die nur dreißig Kilometer entfernt und inzwischen doch unerreichbar war.

Doch meine Mutter warf mir einen bösen Blick zu, als wollte sie sagen: »Jetzt fang du nicht auch noch an!«, und verfiel wieder in ihr ewiges: »Können denn die von der Gewerkschaft da gar nichts machen?«

Er verachtete sie dafür, ein bisschen, wie Männer Frauen

verachten, wenn sie sich ohnmächtig fühlen, und ein bisschen, weil er die von der Gewerkschaft und die Kommunisten aus der Partei ebenfalls verachtete. Er war Sanguiniker, man konnte ihn nicht dazu bringen, vernünftig nachzudenken: Wenn er nicht mehr wollte, wollte er nicht mehr.

Mit zehn Jahren hatte er aufgehört, Faschist zu sein, als er eines Morgens im Jahre 1938 auf dem Schulhof an der Trikolore vorbeimarschierte, nachdem ihm sein Banknachbar eine Billardkugel in die Hosentasche geschoben und er noch darüber gelacht hatte.

Sein Lehrer zerrte ihn zwanzig Meter am Kragen seines Schulkittels hinter sich her zum Direktor, er bekam einen lächerlichen Prozess, der dennoch einem Militärgericht ähnelte, obwohl es hier Lehrerinnen und Sekretärinnen gab, und dann ließen sie seine Mutter kommen.

Vor ihren Augen wurde er geschlagen, aber das war nicht das Problem: Was mein Vater den Faschisten nie verzeihen konnte, war, dass meine Großmutter sich bei allen entschuldigen musste, weil ihr Sohn die Fahne geschmäht hatte.

Und vierzig Jahre später hatte er aufgehört, Kommunist zu sein.

Ich hatte Fieber und eine ganze Woche schulfrei, in der ich meine Tante in Turin besuchen sollte. Auf der Reise war ich in eine Decke eingewickelt und lag quer auf der Rückbank, denn nicht nur das Fieber, auch der winterliche März zeigte seine Krallen. Ich erinnere mich noch gut, wie kalt es war.

An der Ausfahrt zu einer Raststätte stand die Diagnose fest: »Antò, sie hat die Windpocken.«

Beim Tanken füllte sich das Auto mit dem Gestank von *Normalbenzin*, der mir Übelkeit erregte. Ich lag unter der Decke, dachte an die Windpocken und an den Tag, an dem ich ein Auto besitzen würde, das *Super* tankte, denn ich wollte eine Frau sein, die selber Auto fuhr. Ich stellte mir vor, wie der Mann in Blau mich fragte: »Normal?« Und wie ich antwortete: »Super.«

An jenem Tag an der Tankstelle legte sich immer lauter der Lärm eines Hubschraubers über den Benzingestank. Und während wir eilig unseren Weg nach Turin fortsetzten, immer auf der Überholspur, ohne irgendwen zu überholen, und meine Mutter sagte: »Ich fahre nicht wieder mit ihr nach Hause, bevor sie gesund ist«, wurden die Propellergeräusche immer lauter und lauter, bis zwei Polizeiautos mit ihrem Martinshorn sie übertönten und uns auf die rechte Spur abdrängten. Mein Vater wäre fast im Graben gelandet, weil er nicht wollte, dass sein Fiat einen Kratzer bekam, den er vor dem Besuch bei seiner Schwester extra hatte putzen lassen.

Ich erinnere mich, wie ich auf der Rückbank lag und den Schatten des Hubschraubers über uns betrachtete, und als das Fieber mich wieder packte, mit dem Kopf unter der Decke einschlief: Ich sah das Autodach erst wieder, als mir ein Polizist die Decke fortriss und meine Mutter empört rief: »Das ist meine Tochter. Maria. Sie hat die Windpocken.«

Der Polizist zog sich zurück, kann auch sein, dass er sich die Hände an seiner Uniform abwischte, danach warf er jedenfalls einen Blick in den Kofferraum, um sich aufzuspielen. Bevor er ein Loch in die Tüte pieksen konnte, sagte meine Mutter in demselben Ton: »Das ist Mozzarella.«

Als sie endlich wieder abhauten, immer noch mit heulenden Sirenen, konnte mein Vater sie noch fragen: »Was suchen Sie eigentlich?«

»Aldo Moro ist entführt worden.«

Eine gute Viertelstunde lang herrschte Schweigen im Auto, als würde uns diese Angelegenheit persönlich betreffen, als stünde unser eigenes Leben auf dem Spiel, unsere Fahrt nach Turin, meine Rückkehr in die Schule. Dann sagte mein Vater schließlich: »Wenn ich Aldo Moro entführt hätte, würde ich ihn dann auf dem Rücksitz unter einer Decke verstecken?«, und beendete das allgemeine Grübeln.

Bei der nächsten Autobahnausfahrt kehrten wir um.

»Was machst du, Antò?«

»Maria hat die Windpocken, wollen wir sie da unseren Neffen vorsetzen?«

Sie antwortete nichts, doch sie wusste, dass der Grund ein anderer war, und knetete die ganze Fahrt über ihre Hände.

Mein Vater setzte uns zu Hause ab und stellte nur eilig das Gepäck vor die Tür: »Iss deine Mozzarella und ruf den Arzt an. Ich weiß nicht, wann ich zurückkomme.«

Er kam zwei Tage später zurück, nach vielen Schichten in der Fabrik, in der Gemeindeverwaltung, in den Schulen.

»Du musst auf dich aufpassen.«

Das war das Erste, was sie ihm sagte, als sie ihn sah, mit langem Bart und so müde, dass er sich kaum aufrecht halten konnte.

»Keine Angst: Es ist aus. Alles ist aus. Die Partei wollte, dass wir uns zeigen, und ich habe mich gezeigt. Aber jetzt ist es vorbei. Alles ist aus.«

Am Abend, lange nach dem Essen, kam ein Freund meines Vaters, den ich noch nie gesehen hatte, und sie sprachen über frühere Zeiten, über Waffen und über Krieg, dann zerriss er sein Parteibuch und tat etwas, was er noch nie getan hatte. Er begann zu weinen, und er weinte lange, ohne ein Geräusch, so wie Männer weinen. Ich ging ins Bett und dachte, er müsse sehr müde sein.

Als ich nach den Windpocken wieder in die Schule kam, sagten alle, das seien seltsame Tage gewesen, alle hätten auf irgendwas gewartet. Die fünften Klassen hätten noch nicht angefangen, und die Lehrer hätten meine Kameraden lange Aufsätze schreiben lassen, weil sie nie da waren. Und dann war gar nicht mehr passiert, und alles ging so weiter, wie es aufgehört hatte.

Als ich im Regen auf dem Weg zur U-Bahn war, gesellte sich auf dem Parkweg der junge Arzt zu mir. Er bot mir seinen Regenschirm und einen Joint an.

»Warten Sie nicht auf die nächste Besuchszeit?«

»Ich bin müde.«

»Schlafen Sie nicht gut?«

»Ich schlafe gut, aber wenig: Ich wache um sechs Uhr auf.«

»Und was machen Sie dann?«

»Sag du zu mir und gib mir den Schirm.«

Er gab ihn mir.

»Was machst du dann um sechs Uhr?«

»Ich denke nach.«

Ich gab ihn wieder zurück.

»Ich denke darüber nach, was der Gynäkologe mir an dem Abend sagte, als ich eingeliefert wurde. Er sagte: *Das Kind wird sicher lebend auf die Welt kommen, doch es könnte kurz nach der Geburt sterben oder schwere Behinderungen davontragen, vielleicht geht es ihm aber auch gut. Wissen Sie das?*

Er gab mir den Schirm.

»Und was hast du geantwortet?«

»Genau das ist der Punkt: Morgens um sechs korrigiere ich meine Antwort. So, ich muss jetzt hier runter zur U-Bahn. Ciao.«

»Ciao ... Ach, Entschuldigung – mein Schirm. In der U-Bahn nützt er dir eh nichts.«

»Wissen Sie das?«

»Das weiß ich nicht, aber nicht einmal du weißt es. Weiß es überhaupt jemand?«

»Maria, was machst du eigentlich beruflich?«

Ich tauchte aus einem heilsamen Dämmerzustand auf, den die Psychologin, als sie an der Sitzecke vorbeilief, wohl für Schwermut hielt.

»Ich bin Lehrerin. In einer Abendschule für Erwachsene.«

»Eine schöne Arbeit.«

»Ja, eine schöne Arbeit«, stimmte ich zu, und dann hätte ich schweigen sollen, denn meine Antwort hatte ich ja gegeben, stattdessen redete ich jedoch weiter, mehr aus sportlichem Ehrgeiz denn aus Wut. Nicht, weil ich keine Wut verspürt hätte, sondern weil ich wusste, dass auch die in einem der Handbücher behandelt wurde, die die Psychologin studiert hatte.

»Das letzte Thema, das ich vor dem Mutterschutz durchgenommen habe, war Dante.«

»Und was?«

»Einen Gesang aus der *Hölle*. Als sie in der Vorhölle zu

dem Schloss kommen, fragt Dante Vergil: ›Gibt es denn für diese unschuldigen Seelen gar keine Hoffnung?‹, und Vergil versteht den verdeckten Sinn von Dantes Frage und antwortet darauf.«

»Und zwar?«

»Vergil durchschaut, dass Dante sich um ihn sorgt, er will wissen, ob es Rettung für ihn gibt, also erzählt Vergil ihm vom Jüngsten Gericht. Hör zu: Ich habe nicht das Bedürfnis, meine Aufmerksamkeit von Irene auf meine Arbeit umzulenken. Im Gegenteil, ich möchte mich an dieses Sofa klammern und mich auf sie konzentrieren. Ja, ich habe einen schönen Beruf, aber das nützt mir im Moment nicht viel. Mein Beruf bleibt auch schön, aber das eine lässt sich nicht mit dem anderen kompensieren, das funktioniert nicht. Verstehst du?«

»Ja, aber wir bestehen nicht aus klar abgegrenzten Bereichen, das gehört alles zusammen, aus all diesen Dingen bestehst du.«

»*Du*? Dieses Konzept muss erst mal neu definiert werden. Und im Augenblick kann und will ich das nicht, mir fehlt einfach die Kraft. Sagen wir, dass ich das Überleben zu meiner Ehrensache erkläre.«

»Ich wollte dich nur fragen, ob Irene ein bisschen Musiktherapie bekommen soll …«

»Bist du beleidigt, wenn ich dir sage, dass ich daran nicht glaube?«

»Nein.«

»Bist du beleidigt, wenn ich dir sage, dass mir Musiktherapie im Vergleich zu Kortison, Antibiotika und Sauerstoff wie Pipikram vorkommt und dass ich wirklich keinen Bock mehr auf pseudowissenschaftliche Experimente habe?«

»Ich biete das nicht nur dir an, sondern allen, und zwar nicht euch Eltern, sondern euren Kindern. Wir machen das nur, weil statistisch bewiesen ist, dass es etwas bewirkt, dass es hilft.«

»Und so landen dann am Ende auch wir in eurer Statistik, oder?«

»Und wenn diese Statistik ein Mosaikstein der Zukunft sein kann? Was stört dich daran?«

»Die Zukunft der anderen interessiert mich einen Dreck. Ich will, dass Irene lebt, nur das zählt für mich. Obwohl, eigentlich bin ich nicht mal sicher, ob ich das will, ich will nur, dass dieser Albtraum bald ein Ende hat. Klar?«

Und dann reichte sie mir, diesmal ohne zu lächeln, nacheinander zwei oder drei Taschentücher und sagte nichts mehr. Denn ich hatte angefangen, meine Brille am Sofa und meine Nase an meinem Ärmel abzuwischen.

Als ich mich wieder hergestellt hatte, verabredeten wir uns für den folgenden Nachmittag.

Eine arrogante Grundhaltung besaß ich schon immer. Diese Arroganz hatte ich von der Fabrik. Das Fließband dort produzierte zwei Typen, die sich gemeinsam entwickelten und miteinander verflochten waren, ohne sich gegenseitig zu stören. Die Fabrik verschlang nicht nur die Arbeiter, sondern auch alle, die von ihr lebten, die auf das Schichtende und die Sirenen warteten, um den Tag nach ihr auszurichten, einen Tag nach dem anderen. In den Siebzigern als Tochter eines Arbeiters aufzuwachsen und gerade deshalb zu studieren, mich auf Bücher zu versteifen, in die intellektuelle Oberschicht aufzusteigen, all dies erfüllte mich mit einer gewissen Überheblichkeit. Denn wenn ich mich von außen betrachtete, wusste ich, dass ich das erste Familienmitglied sein würde, das sich nicht die Arme vom Tomatensaft zerfressen ließ.

Doch damit dies möglich war, musste ein anderer Überstunden für 500 Lire machen.

Mein Vater hatte nie aufgehört, sich für einen intelligenten Mann zu halten, denn er wurde dauernd von seinen Kollegen um Hilfe gebeten, wenn es darum ging, einen Streit zu schlichten oder einen Protest zu organisieren, doch er wusste, dass diese Intelligenz im Dienste des Fließbands für ihn der einzige Weg war, die das Leben ihm zugestanden hatte, damit er meiner Mutter Geld für den Einkauf und mir Geld für das Studium geben konnte. Er, sie beide, wollten uns eine Chance geben, die sich erst als eine Bürde herausstellte und später als Schutz vor den Wechselfällen des Lebens als nahezu wertlos erwies. Doch diese Dinge waren da, das Geschenk und die Bürde, die Arroganz und die Chance, sie liefen gemeinsam über das Förderband.

Das Fließband der Konservenfabrik, die im August Tag und Nacht in Betrieb war, um die Erntezeit voll auszuschöpfen, und die brodelnden Kessel für die Pasteurisation waren also der Ausgangspunkt, von dem man sich entfernte, aber auch der Punkt, von dem alles ausging.

Ich war nicht davon überzeugt, dass es etwas nützte, den Kindern durch den Kunststoff des Inkubators und das Konzert der Monitore hindurch Musik in miserabler Aufnahmequalität zu verabreichen. Es war eher das Gegenteil. Weil nichts etwas nützte und ich nichts tun konnte, war wieder alles möglich.

Wir befanden uns in einem kleinen Raum im Seitentrakt, in einem Zustand des Halbschweigens: Wir spielten erst *The Köln Concert* von Keith Jarrett und dann *Because the Night* von Patti Smith, und danach war ich an der Reihe. Weder die Anwesenheit der Psychologin noch die der Musiker, die mir mit gutem Beispiel vorangegangen waren und die ich mir selber ausgesucht hatte, schüchterten mich ein.

Draußen hinter dem Fenster entlud sich ein strahlender Nachmittag, der die Hänge des Vesuv mit seinem Licht übergoss, ohne uns zu berühren. *Un pomeriggio troppo azzurro e lungo per me*: Mir wurde klar, dass ich ohne Irene nichts mehr hatte. *E allora …* wenn ich gekonnt hätte, wäre ich in einen Zug gestiegen und zu ihr gefahren. Aber der Zug der Sehnsucht fuhr in meinen Gedanken rückwärts.

Als ich wieder vom Mikrofon aufblickte, sah ich, dass die Psychologin feuchte Augen hatte. Normalerweise lächeln Psychologen, dieses Lächeln erfüllt eine Funktion, es heißt, dass die große Tragödie, die du gerade vor ihnen ausbreitest, im Grunde gar nicht so groß ist, wie es scheint. Wenn ein Psychologe weint, heißt das vielleicht, dass er Anteil nimmt, aber beruhigend ist es sicher nicht.

»Ich weiß, dass ich nicht singen kann, aber dass es so schlimm ist, war mir nicht klar.«

»Aber nein, es war schön, doch.«

»Ich mache mir keine Sorgen um dich, sondern um Irene. Das schadet ihr doch nicht?«

»Keine Sorge: Die Kinder erinnern sich nicht an die Intensivtherapie. Das Einzige, was ihnen davon bleibt, ist ein dumpfer Schmerz an der Ferse, wo ihnen immer das Blut abgenommen wurde. Eine überempfindliche Stelle.«

Hinter der Tür stand Mina, die gelauscht hatte und mich

mit einem Lachen empfing: »Ich glaube, heute musst du einen ausgeben.«

»Na warte, jetzt bist du dran, ich bin mal gespannt, was du drauf hast.«

»Ich habe im Kirchenchor gesungen.«

»Dann probier es doch mit einem schönen *Ave Maria*!«

»Was hast du denn gesungen?«

»Hast du das nicht gehört?«

»Ich habe zwar was gehört, aber so, wie du gesungen hast, hätte das alles sein können.«

»Das war *Azzurro*.«

»Ah, Celentano …«

»Eigentlich Paolo Conte.«

»Wer ist das denn?«

Die erste Mutter und ihr Sohn sollten entlassen werden. Das Kind war ein Riese im Vergleich zu unseren und thronte regelrecht in seinem kleinen Plexiglasbett. Er war nicht zu früh auf die Welt gekommen, er bekam vierzig Tage lang Methadon zur Entgiftung. Bei den Krankenschwestern war er ein Ausgestoßener: einer der Fälle, in denen das Mitgefühl nicht so selbstverständlich war. Und seine Mutter war eine Ausgestoßene unter den Müttern, denn sie schwankte beim Gehen leicht vor und zurück, und wenn sie den Kleinen auf dem Arm hatte, fielen ihr manchmal aus Versehen die Augen zu.

Sie spürte, dass draußen die Sozialarbeiter vom Jugendamt wie Geier ihre Kreise zogen.

Wir wären gern entlassen worden, und sie wäre lieber geblieben: Die Intensivstation war der einzige Raum, den die Welt ihr zugestand, um ihren Sohn an ihre Brust zu drücken. Hin und wieder krümmte sie sich über der Narbe des Messerstichs, den ihr Mann ihr im Kreißsaal nach der Entbindung versetzt hatte. Polizisten strömten in Scharen herbei, und alle um sie herum gerieten in helle Aufregung, doch sie erstattete keine Anzeige, und nach der Festnahme kam er zurück, um seinen Sohn zu besuchen. Die Ärzte beschützten nun den letzten Rest Verantwortungsgefühl, den das Heroin ihm von Zeit zu Zeit erlaubte, die anderen Väter prüften mit dem gleichen Eifer, ob sie noch ihr Handy in der Tasche hatten, wenn er auftauchte, und dass er seinen Atem nicht zu nah am Inkubator ihres Kindes verströmte.

Die Beziehung zwischen den Kindern und dem Heroin war eine stumme: Im Bus, der nach Calata Capodichino hinaufkroch, um sich in der nördlichen Peripherie zu verlieren, hatten wir alle schon solche Kinder gesehen – sie klammerten sich an Väter, die nie wieder die Kraft haben würden, sie zu halten.

Die erste Mutter nahm ihren Sohn auf den Arm und trug ihn in die Sonne, wie jede andere Mutter. Gefolgt von dem verständnisvollen Blick des jungen Arztes, den Protokollen des Chefarztes und vielen erleichterten Seufzern.

»Wissen Sie das?«

»Das ist keine Frage, und du erwartest auch keine Antwort.«

Vierzig Tage sind zu lang, wenn man nicht atmen kann. Gern hätte ich den Großmut besessen, die anderen kleinen Wesen auf der Intensivstation hochleben zu lassen: ihre Lungen zu preisen, das angestrengte Auf und Ab ihres Brustkorbs. Aber ich schaffte es nicht: Ich beneidete die Kinder, die schon atmeten, und ich beneidete ihre Mütter, die den Mut hatten, ihr Fotohandy durch das Bullauge zu schieben, um danach Freunden einen kurzen Gruß aufs Display zu schicken, der so viel bedeutete wie: »Ich komme gleich.« Ich konnte das nicht.

Als ich fünfzehn war, paukte ich einen Nachmittag lang für Erdkunde und schaffte die beste Note in dem Halbjahr. Ich wusste, wenn wir die Erdatmosphäre einatmen, nehmen wir eine Mischung mit 21% Sauerstoff auf. Und Irenes Gerät zeigte immer noch 50 an.

Meinen eigenen Prozentsatz versuchte ich auszugleichen, indem ich mich mit verbranntem Tabak einnebelte, es erschreckte mich nicht, dass ich es mittlerweile auf dreißig Zigaretten am Tag brachte, jede einzelne von ihnen war richtig, aber es reichte noch nicht, also schüttelte ich das Päckchen und überlegte, ob ich wieder zum Kiosk gehen sollte, suchte Kleingeld in meiner Tasche, und neben dem Kleingeld schlummerte mein Handy. Ohne groß nachzudenken, als hätte ich gar keine andere Wahl, schaltete ich es ein.

Ich rief einfach so die Direktorin an, dann stand ich auf und machte mich auf den Weg zur Arbeit.

In meiner Klasse herrschte nervöse Betriebsamkeit, der Lehrplan übertraf alle Befürchtungen und galoppierte der Abschlussprüfung entgegen. Christine hatte ihre Hausaufgaben nicht gemacht, weil sie dafür keine Zeit hatte, ihrer Mutter aber bei der Übung mit den Pronomen geholfen: Christine war gleichzeitig im ersten Jahr an der Universität Moskau und im ersten Jahr des Gymnasiums in Italien eingeschrieben und wartete auf ein Abkommen zwischen zwei benachbarten Europas, die ihre historische Distanz durch bürokratische Manöver zementierten. Die beiden Frauen waren sehr schön, ihnen zu Ehren hatte Gaetano gerade *Weiße Nächte* zu Ende gelesen, und er hatte gelernt, Dostojewski in kyrillischen Buchstaben an die Tafel zu schreiben.

Fabrizio hatte für ein paar Unterrichtsstunden meine Vertretung übernommen, und daraus war zwischen den Schülern, die Italienisch für Ausländer lernten, und den Kandidaten für den Abschluss der Mittelschule eine gegenseitige Hilfe entstanden: Anna, eine der Besten, erkundigte sich bei ihren italienischen Kameraden, ob in einem bestimmten Satz der Teilungsartikel nachgestellt würde. Da sie nicht wussten, was ein Teilungsartikel ist, beantworteten sie die Frage aus dem Bauch heraus, je nachdem, was sich für sie besser anhörte, und anschließend erklärte Anna mir und allen anderen, sie wüsste nicht mehr wo, aber sie habe gelesen, dass alle nachgestellten Präpositionen ein Überbleibsel der lateinischen Deklinationen seien. Anna jobbte in einem Pub, sprach fünf Sprachen und behandelte in ihrer unverhohlenen Überlegenheit alle von oben herab: Sie hatte sich fix ausgerechnet, dass es besser war, den Abschluss der Mittelschule einfach zu wiederholen, statt darauf zu warten, dass ihre Zeugnisse von den Konsulaten anerkannt wurden.

Trotz aller Reformen und Regierungswechsel, die uns nie zu berühren schienen, war es uns in all den Jahren nur ein einziges Mal gelungen, die Anerkennung eines Uniabschlusses zu erreichen, den eine Schülerin am linken Ufer des Río Paraná in Physik *cum laude* erlangt hatte. Fabrizio hatte ihr geholfen, die genauen Bezeichnungen all ihrer Prüfungen aus dem Argentinischen ins Italienische zu übersetzen, und dann waren sie gemeinsam zum Policlinico nach Turin gefahren, das, wie ein Freihafen der Ingenieurwissenschaft, über eine besondere Satzung verfügt. Dort bekam sie, nach weiteren vier Prüfungen und der Verteidigung ihrer Diplomarbeit, die einer Rede vor den Vereinten Nationen glich, endlich einen italienischen Uniabschluss.

An den Wänden des Klassenraums, ringsum und hinter meinem Rücken, hingen in einer Reihe kleine Arbeiten der Kinder, die morgens hier zur Schule gingen: eine Tafel mit dem Einmaleins, verschiedene Nationalflaggen, etwas im Abseits ein Padre Pio, eine Pinnwand mit der Abschrift eines Fernsehinterviews. Sachen, die irgendwann mal modern waren, wie: Wir machen einen Comic über unsere Klasse. Dann hing da noch eine riesige Europakarte, die es mit den sozialistischen Ländern nicht so genau nahm: Sie machte aus ihnen einen einzigen roten Fleck von Tito bis Deng Xiaoping. Als sie uns den Klassenraum zugeteilt hatten, diskutierten Fabrizio und ich lange darüber, ob diese Karte beleidigend oder surrealistisch war. Als dann noch Padre Pio dazugehängt wurde, wandten wir uns wichtigeren Fragen zu, doch es kam vor, dass Anna den Unterrichtsstoff schneller begriff als die anderen, und weil sie es hasste, wegen ihrer langsamen Kameraden Zeit und Stoff zu vergeuden, bat sie uns, es ihnen in ihrer Muttersprache erklären zu dürfen. Und plötzlich lösten sich die Ukraine, Weißrussland und Kasachstan vor unseren Augen auf, und in dem palatalen Gesang einer Sprache, die mich gleichzeitig an den Tod des Iwan Iljitsch und den eines Freundes meines Vaters erinnerte, setzte sich die Sowjetunion wieder zusammen.

Gaetano richtete mir aus, dass Luisa nicht mehr kommen würde: »Sie hat einen Nachzahlungsbescheid bekommen.

Ein Bußgeld, weil sie die Müllabfuhr nicht bezahlt hat: rund viertausend Euro, deshalb muss sie jetzt auch nachmittags arbeiten.«

So etwas geschah immer wieder, und häufiger bei den ausländischen Schülern. Fabrizio erhielt andauernd herzzerreißende Abschiedsgrüße, die von den unterschiedlichsten Geschenken begleitet wurden: einer Kiste San-Marzano-Tomaten, die zehn Minuten zuvor unter dem Geschrei der Obergefreiten geerntet worden waren; einer Ikone, die lange Jahre in einer Schublade darauf gewartet hatte, diese wieder verlassen zu dürfen; einer Packung Pralinen, die in der goldenen Schachtel. Nie gab es dazu einen Brief, aber immer den Gruß der Freunde von Freunden, und in unseren eigenen Grüßen versteckten sich Angst und Hoffnung: dass nur ein Schulwechsel der Grund für das Fortbleiben wäre und dass diese Reise, nach der man sich nicht mehr wiedersehen würde, vielleicht eine bessere Arbeit anderswo, eine gute Partie oder die Rückkehr in die Heimat bedeutete.

Mit den italienischen Schülern war es schwieriger: Sie landeten aus den absurdesten Gründen in meiner Klasse. Unter meinen Schülern waren Busfahrer, die seit einem halben Jahrhundert dieselbe Strecke fuhren und die sich, wenn sie es weiter tun wollten, neuen Gesetzen fügen mussten, oder junge Mütter, die ihren Kindern bei den Hausaufgaben helfen wollten, Männer und Frauen, die sich von einer Vergangenheit befreien wollten, die andere Pläne mit ihnen gehabt hatte, ohne sie zu fragen. Und Zwanzigjährige, die schon mit zwölf erfolglos die Schulbank gedrückt hatten und es nun wieder taten. Sie alle leisteten lange Widerstand, länger als die Ausländer: Für sie war es vor allem bezahlter Urlaub und zusätzliche Freizeit.

Doch auch ich wusste, dass ich einen Kampf führte, weniger gegen die Unwissenheit als gegen die Zeit, die so schnell dahinraste, dass meine Schüler diese eine Seite, die sie großartig gefunden hätten, nicht mehr lesen konnten; gegen die Zeit, die sie zu ihren Kindern rief, zu ihren Gatten, nach Hause, zur Arbeit, und die nicht wollte, dass sie eine Spur hinterließen.

Mit den Jahren wurde meine Taktik subtiler: Nun verteilte ich meine Fotokopien und Übungen zu Beginn der Stunde, bevor das ewige Einerlei ihrer kleinen Pflichten sie aus meinen Schulbänken riss.

»Gaetano?«

»Ciao, Luisa, ich bin es, deine Lehrerin. Ich rufe aus der Schule von Gaetanos Handy an. Ich komme später bei dir vorbei, wo genau wohnst du in Ponticelli?«

»Weißt du, wie du zu dem Platz mit der Tränke kommst?«

»Welcher ist das?«

»Da, wo immer die Schießereien sind.«

»Ah ja, und von dort weiter?«

»Da hole ich dich ab, sonst kommst du nämlich nie hier an.«

Ich fuhr mit dem Roller die ganze Via Marina bis nach San Giovanni hoch. Auf der Höhe des Supermarkts bog ich links ab und gelangte in ein Wohngebiet. Ich wurde von einer gelben Wolke empfangen, dem Dunstkreis über Neapel, wenn es sich in der feuchten Meeresluft spiegelt, und hier wurde mir klar, dass meine Erinnerung mich betrogen hatte: Die Stadt endete nicht an den berechenbaren Grenzen der Straßen, die ich kannte, sie ließ sich nicht mehr in das Bild pressen, das ich damals in der Provinz von ihr gehabt hatte. Sie ging immer und immer weiter, eine Kette regloser Parzellen im Nichts. Sie kletterte auf Überführungen, die es nur gab, damit man alte Kühlschränke und kaputte Möbel hinunterstürzen konnte, sie schwappte über Schotterstraßen ohne Geschäfte und Bushaltestellen. Sie wartete darauf, bis nach San Giorgio a Cremano zu gelangen, das aber inzwischen Ponticelli war, also Neapel. Sie hatten sich den ganzen Landstrich einverleibt und gebaut, was das Zeug hielt, aber den Rest hatten sie vergessen, denn die Stadt bekam Kinder und hatte weder Angst vor dem Vulkan noch vor den Erdbeben und brauchte nun einen Platz, wo sie zur Ruhe kommen konnte. Als ich mich genug verfahren hatte, rief ich Luisa an.

Mit dem Handy in der Hand trafen wir uns auf einer namenlosen Brache, die für die Satellitenbilder von *TuttoCittà* unsichtbar war. Luisa fuhr mit dem Auto vor. An der Längsseite eines unbebauten Geländes wurden wir von einem Dealerposten angehalten. Luisa machte ein Zeichen, dass ich zu ihr gehörte, und nachdem ich den Helm abgenommen hatte, um sie zu beruhigen, konnten wir weiterfahren.

Von Luisas Wohnung im achten Stock ohne Aufzug nahm die Topographie Form an, und man erkannte das zugrunde liegende städtebauliche Konzept, das nicht die Mauern und Gitter voraussehen konnte, mit der die Camorra die Zugänge begrenzte. Die nächste Bushaltestelle befand sich fünfhundert Meter weiter auf der einzigen asphaltierten und beleuchteten Straße: Von dort erreichten Luisas Töchter, nach zweimaligem Umsteigen und mehrstündiger Fahrt, die Schule und die Universität, an der sie lernten.

Wir befanden uns in einem Keil, den die Stadt ins ländliche Hinterland geschlagen hatte, Cercola, Volla. Irgendwo hinter der Wand aus sozialem Wohnungsbau von San Giovanni musste das Meer sein.

Luisa zeigte auf die Ratten, die gesittet und flink über die Abdeckung eines Containers rannten: »Sieh dir das an: Die Ratten sind schon da! Die tauchen sonst erst im Juni oder Juli hier auf.«

»Liegt wohl an der Hitze.«

»Nee, es sind einfach zu viele. Das sehe ich an ihrem Blick: Wenn eine Ratte dir ins Gesicht sieht, ohne abzuhauen, dann ist es ernst.«

Wir zündeten uns eine Zigarette an.

»Kannst du dieses Bußgeld nicht in Raten zahlen?«

»Und dann? Entschuldigung, ich komme ohnehin kaum über die Runden, wie soll ich da noch Raten abdrücken?«

»Erinnerst du dich denn dran, dass du die Gebühr nicht gezahlt hast?«

»Ja, sicher: Meine Große brauchte Kohle für die Semestergebühren. Was glaubst du wohl, wofür ich mich da entschieden habe?«

»Ist sie nicht von den Studiengebühren befreit?«

»Doch, aber erst mal musst du alles selber berappen, dann wollen sie deinen Steuerbescheid und deine Durchschnittsnoten sehen und zahlen dir vielleicht etwas zurück. Aber in der Zwischenzeit haben die Halsabschneider schon sechsmal abkassiert. Den Typen, der hier die Abrechnung macht, kenne ich schon seit meiner Kindheit ...«

»Das tut mir leid ...«

»Was soll's, Maria? Wozu brauche ich einen Schulabschluss, wenn ich schwarz arbeite? Das war nur so eine Laune von mir.«

»Na, eben drum.«

»Dass die Leute vom Fernsehen hier waren, hat uns jedenfalls nur geschadet.«

»Warum?«

»Es gibt kaum noch Jobs hier. Zwei Monate lang haben sie aus diesem Viertel nur Tote und Verletzte gezeigt. Und jetzt haben die feinen Herrschaften Skrupel, uns anzurufen.«

Ich war zu Luisa gekommen, um ihr zu helfen. Ich wollte die idealistische Pädagogin spielen, die liebe, engagierte Lehrerin. Stattdessen fing ich an zu weinen.

»Warum atmet das Mädchen nicht?«

»Die Lungen sind noch nicht reif, lass ihr Zeit.«

»Luisa, es geht nicht um Zeit, es geht um alles.«

»Ich weiß, du hast recht. Wenn du nicht recht hast, meine Kleine, wer dann?«

Als ich fortging, wusste ich, dass ich sie lange nicht wiedersehen würde, vielleicht nie wieder. Auf dem Roller fuhr ich am sogenannten *Techno-Park* entlang, einem ehemaligen Stadtgarten mit uralten Araukarien, den irgendwelche witzigen Architekten in den Achtzigern mit bizarren Mauern und bunten Zinnen versehen hatten wie eine Burg aus Tetris-Quadraten und der seither geschlossen war. Den Namen hatten ihm die Junkies gegeben, die vor lauter Crack und Herzrasen meinten, die Gebäude würden sich verformen. Ich befand mich in der absurden Situation, den größten Drogenhandelsplatz Europas zu durchqueren, verzweifelt zu sein und mich niemandem anvertrauen zu können.

Ich fühlte mich dumm und feige, als ich das Lexotan auf meinem Nachttisch erreichte, das mich tröstete, bis mich pünktlich im Morgengrauen die Erinnerung an diesen Gynäkologen weckte.

»Wissen Sie das?«

»Das weiß ich nicht, und ich will es auch nicht wissen. Ich kann und ich will nicht zulassen, dass meiner Tochter weniger Möglichkeiten offenstehen als mir.«

Sonntags ergriff ich manchmal die Flucht.

Das war der einzige Tag, an dem es zwischen vierzehn und fünfzehn Uhr weiteren Verwandten der Kinder erlaubt war, die Intensivstation zu betreten und sich vor die Glasscheibe zu stellen, die den sterilen Bereich umgab. Dort konnten sie tun, was sie wollten: ihre Kameras so einstellen, dass der Blitz nicht aufleuchtete, wehrlose, von Drähten umwickelte Händchen bestaunen, sich die Leuchtanzeigen der Monitore zeigen oder den Inkubator des eigenen Neffen, der drei Brutkästen weiter hinten lag. Vor Ergriffenheit weinen. Oder hoffen, oder Küsschen schicken.

Sie hatten sich schick gemacht, wie man sich sonntags kleidet, wenn man Freunde oder das Museo di Capodimonte besucht, und die Frauen waren geschminkt. Wenn sie an die Glasscheiben fassten, drang ein gedämpftes Klimpern von Trauringen, Armreifen und Taucherarmbanduhren herein. Gegen vierzehn Uhr dreißig erreichte das Grauen seinen Höhepunkt, und sie klopften sogar, um die Aufmerksamkeit dieser oder jener Mama zu wecken, die etwas abgelenkt war, weil sie gerade kontrollieren musste, ob ihr Kind noch atmete. Nur noch diese eine Minute.

Mina und ich bedeckten unsere Brutkästen mit einem Laken und versteckten uns darunter. Zur Not hockten wir eine Stunde lang mit der Nase im Bullauge, suchten Schutz bei unseren noch nicht geborenen Kindern und hofften, die Zeit möge schnell vergehen. Selbst die Mütter, die ihre Kinder triumphierend bis in die Mitte des Raumes tragen konnten, so weit, wie es die Kabel und Sonden erlaubten, zeigten in der letzten Viertelstunde zunehmend Zeichen des Unbehagens. Sie riefen den Krankenschwestern zu: »Wann schickt ihr sie denn endlich weg? Die Besuchszeit ist gleich um, und ich muss noch das Fläschchen machen …«

Denn auch die Kinder, die schon auf dem Arm gefüttert wurden, brachten Saugen und Atmen noch durcheinander, liefen blau und weiß an, und dann verging die Zeit, viele, wenige, stillstehende Sekunden, in denen die Schwestern mit Sauerstoff halfen. Und wir standen schweigend und konzentriert da, schauten in unser eigenes Bullauge, ohne an etwas zu denken, und lauschten. Bis ein unterdrücktes Weinen unsere Gedanken wieder erlöste, und wenn das Kind wieder zurückgeholt war, musste noch die Mutter wieder zurückgeholt werden. Passierte das an einem Sonntag, gab es entsetzte Schreie der Verwandten hinter der Glasscheibe, von der Intensivstation zur subintensiven und von der subintensiven zur Entlassung. Sie schrien vor Entsetzen, denn diese Tragödie ereignete sich hier und jetzt, hinter der Glasscheibe gab es keine Bildröhre, sondern nach Luft schnappende Münder, aber zum Glück konnte man anschließend wieder beruhigt nach Hause gehen, denn das Pflegeteam hatte gut funktioniert. Vielleicht musste zu Hause noch das Geschirr abgespült werden, und auf einem Sofa ruhte sich eine alte Tante aus. Vielleicht gab es auch etwas Gutes im Kino. Aber ins

Krankenhaus musste man auf jeden Fall, sonst hatte das Gewissen keine Ruhe.

Der Schmerz drang nicht durch die Glasscheibe hindurch. Das weiß ich mit Sicherheit: Ich las es in den neugierigen Augen, in den schaulustigen Mienen, mit denen sie die Zwerge ansahen, die wie Schatten ihrer selbst unter dem Druck des Sauerstoffschlauchs erzitterten. Wenn mal ein Auge feucht wurde, lag das nur an der Anspannung, die bei uns in der Wunderkammer herrschte, wo wir wie die Versuchskaninchen von hexenden Ärzten eingesperrt waren, die Hände in den Bullaugen, um ins Leben zurückzuholen, was wir auf die Welt gebracht hatten. Wir hockten in einem Ghetto, und keine von uns hatte das richtige Wort, um es ihrem Golem unter die Zunge zu schieben.

Ich floh. Auf dem Weg nach draußen fühlte ich mich von den Reden verfolgt, doch ich war schon auf der Flucht, ich musste weder antworten noch darüber nachdenken. Ich war fast in Sicherheit. Ich ließ die Kritzeleien links liegen, die junge Väter beim Warten vor dem Kreißsaal an der Wand hinterlassen hatten, Geburtsdaten von Kindern, wo nur eine Zeitrechnung zählte und der Tag der Geburt auch etwas über ihr Alter aussagte. Ich ließ sie links liegen, verlor sie aus den Augen, war draußen. Dann nahm ich einen Zug und fuhr in Richtung Norden oder Richtung Süden, zu einer Ausstellung oder einer Trattoria, die im Rough Guide empfohlen wurde, oder in eine Meeresbucht, die ich mir immer schon ansehen wollte, aber nie die Zeit gehabt hatte.

Wenn ich es unter der Woche schaffte, die Zeitung aufzuschlagen und eine Schlagzeile mit irgendetwas Realem zu verbinden, das tatsächlich passierte, oder in der Programmvorschau den Namen eines französischen Films zu finden, dann genügte das schon, um mich ein klein wenig zu beruhigen. Obwohl ich mir den französischen Film nie angesehen hätte, weil ich abends weder die Zeit noch die Energie dafür hatte, aber es gab diesen Film, und es gab ihn in einem Kino in meiner Stadt, und ich hatte ihn, als eine unter vielen, gefunden. Ich hatte mich gefunden. Da war etwas, was mir Freude machte und mir meine Identität zurückgab.

Wenn ich dann in einem Café gegenüber vom Museum oder unter den Weinranken einer Trattoria saß, wo man einen schönen Blick auf die Klippen hatte, war ich manchmal in Gesellschaft. Ein früherer Liebhaber oder ein alter Freund, in den Kalender versunken und darum besorgt, dass es auch ihrem Ziel diente, bei mir zu sein: beim Schlafen, beim Sex oder auch beim Herunterstürzen von drei Espressi, wenn der erste Barmann nicht gut war.

Andere Male machte ich mich allein auf den Weg und blieb es auch, und wenn mich ein Gemälde besonders faszinierte, blieb ich davor stehen und ließ mich faszinieren. Ich hatte das Gefühl, so besser sehen zu können, mir war bewusst, dass das wohl eine verzerrte Wahrnehmung war, aber ich blieb dabei. Ein Christus von Antonello da Messina zeigte mir den Menschen. Genau so, wie er wirklich war.

Auf der Rückfahrt aß ich im Speisewagen das letzte in Plastik eingeschweißte Sandwich, um auf andere Gedanken zu kommen, dann fiel ich bis zur Ankunft in einen tiefen Schlaf. Bis zum nächsten Morgengrauen.

»Wissen Sie das?«

»Ich weiß, dass du ein Scheißkerl bist, weil du Scheißfragen stellst, dass du arrogant bist, weil du über mich redest, ohne über dich zu reden, dass du ängstlich bist, weil du dich schon von Klagen überhäuft vor dem Richter stehen siehst, dass du ein Schmierenkomödiant bist, dich hinter dem Namen auf deinem Schildchen versteckst wie hinter einer Maske, dass du ein Feigling bist, denn du weißt genau, dass ich mich nicht von diesem Bett erheben werde, um dir meinen Schädel in die Fresse zu rammen und dich auf dem Fußboden in deinem Blut liegen zu lassen.«

Versuch und Irrtum, das war ihr Prinzip. Die Ärztin bat eine der Mütter zu sich und kündigte ihr an, dass sie die Sauerstoffzufuhr nach und nach gedrosselt hatten und nun versuchen wollten, das Kind ganz vom Gerät zu nehmen und es allein atmen zu lassen. Das war der Moment, auf den wir alle warteten, eine neue Chance, die zweite Geburt. Sie war ebenso riskant wie die erste, eine unsichere Eventualität. Die Ärztin sagte mir: »Montag.« Und ich sagte allen, die mich fragten, »Montag« und ließ sie warten, Freunde, Kollegen und Verwandte, bat sie, sich mit aller Kraft und ihrem ganzen Glauben zu konzentrieren, das tat ich, um damit nicht allein zu sein. Dann überließ ich sie ihrem Wochenende und suchte Ablenkung in dem meinen.

Ich kann nicht gut warten. Das Warten in Ungewissheit bereitete mir mein Leben lang die größten Schwierigkeiten. Die Zeit des Wartens gibt mir den Raum, riesige Sinngebäude zu errichten, um sie zehn Minuten später eigenhändig zum Einsturz zu bringen. Um an irgendeinem Punkt neu anzusetzen, das Fundament um ein paar Zentimeter zu verschieben, damit mein Gedankengebilde solider wird. Um es erneut einstürzen zu sehen. Ich habe etliche Wochenenden meines Lebens mit diesem Mechanismus verbracht, und obwohl ich ihn kenne, konnte ich mich nie davon lösen. Ich spüre das unheilvolle Warten aus der Ferne näher rücken, ausgelöst durch ein Telefonat, eine Reise, eine E-Mail, eine Nacht voller Sex, ein Krankenhaus. Ich suchte aus meinem Musik-Arsenal etwas aus, das meine Angst besiegen und sie auflösen könnte, um nicht zu weinen: Aus Erschöpfung schlief ich irgendwann ein. Während des Wartens hatte ich immer klare Träume, von Epochen, die ich weder kannte noch durchlebt hatte; der Traum war die beste Art, die Zeit zu verbringen, aber sobald ich aufwachte, litt ich umso mehr. Ich kann nicht warten, und ich will es nicht, beim Warten nehmen die Ungeheuer Gestalt an und werden riesig, sie fressen die Stunden, um größer zu werden und mich zu verschlingen. Die Ungewissheit weckt keinerlei Neugier in mir, und die Hoffnung birgt für mich keinerlei Charme. Wäre ich Herakles gewesen, hätte ich an der Weggabelung keinen Moment gezögert.

Um mich abzulenken, konnte ich einen Stapel Aufsätze korrigieren oder mich um meine Kartographie der Dyslexie in Neapel kümmern, eine Art hausgemachtes Monumentalwerk, an dem ich bastelte, seit ich Lehrerin war. Eines Abends hatte ich zufällig einen weit verbreiteten Aussprachefehler bemerkt, der in allen sozialen Schichten auftrat. Viele Menschen um die fünfzig verschluckten das *r*, und ebenso viele Jugendliche, die mehrfach sitzen geblieben waren. Das hatte nichts mit Dialekt zu tun: Es war eine Frage der Zeit. Sie hatten sich auf einem Niveau von Verständlichkeit eingerichtet, das sie *pecché* statt *perché* sagen ließ und *Salenno* statt *Salerno*. Das Gleiche geschah mit dem l: *motto* statt *molto* und *pallare* statt *parlare*. Wenn ich sie darauf aufmerksam machte, verstanden sie mich nicht, als hätten sie den Laut, der den Unterschied ausmachte, nie wahrgenommen. Das war auch der Grund der meisten Fehler beim Schreiben: Ich hatte eingesehen, dass es sinnlos war, die Orthographie zu korrigieren, denn meine roten Bemerkungen am Rand hatten nur auf dem Papier Bedeutung und hinterließen keinerlei Spuren in der gesprochenen Sprache. Es war eine Frage der Zeit, meine neapolitanischen Schüler beschränkten sich auf das Allernötigste, und dann gingen sie arbeiten oder dealen und verzichteten auf diese Feinheiten. Sie teilten die Schulbänke und die Klassenräume mit Sri Lankern, die sich alle Mühe gaben, einen neuen Laut einzuüben, der ihrer Sprache fremd war, als könnte die korrekte Aussprache ihnen das Visum verlängern, ihre Papiere in Ordnung bringen oder ihnen den Anspruch auf ärztliche Versorgung gewähren. Shans Frau wurde in den bürgerlichen Haushalten sehr geschätzt, sie hatte sich ein gutes Auskommen geschaffen, aber sie ließen sie nie aufs Fensterbrett steigen und die Fenster putzen, aus Sorge, ihr könnte bei der Schwarzarbeit etwas zustoßen. Sie arbeitete auf ihren großen Traum hin, einmal Steuern zahlen zu dürfen, und lernte mit den Büchern ihres Mannes, wenn die Kinder abends endlich schliefen. Sie rollte das *r*, und ihr *l* war butterweich.

Fabrizios erste Reaktion, als ich ihm die Isoglossen auf meinem Sprachatlas zeigte, war Gelächter. Aber irgendwann begann er mir zu helfen und lauschte seinen Nachbarn, den

Händlern im Viertel, Verwandten, und als er bei seiner Mutter einen Laut vernahm, der mit ihrem glasklaren Verstand so gar nichts zu tun hatte, kam er wieder zu mir.

»Trotzdem verstehe ich nicht, warum du so viel Zeit damit verschwendest.«

»Du hast recht, es ist Zeitverschwendung.«

»Und warum machst du es dann?«

»Um ein bisschen Ordnung zu schaffen.«

Aber die beste Ablenkung an diesem Abend war das Konzert eines alten Studienkollegen von uns, der erst mit einer Band und dann allein großen Erfolg hatte. Er schrieb seltsame Lieder, die schwer verständlich waren, und kombinierte sie mit volkstümlicher Musik, und gerade diese rätselhafte Mischung kam so gut an.

Hin und wieder brachte ihn eine Tournee in unsere Stadt und wir hörten ihn uns an. Aber diesmal hatte ich abgelehnt, als Fabrizio mir davon erzählte. Dann war ich am Ticketservice in der Galleria vorbeigegangen und hatte mir eine Karte für Sonntag gekauft. Ich fuhr mit der Straßenbahn zum Konzert, und weil ich dort niemanden traf, den ich kannte, konnte ich mich nach Herzenslust ablenken lassen; ich tanzte sogar mit einer Gruppe von Leuten, die zwanzig Jahre jünger waren als ich. Als der Applaus ertönte, versetzte mir die anonyme Menge, in der ich mich zuvor geborgen gefühlt hatte, ein Gefühl der Leere, ich hoffte auf eine Zugabe, wollte die Zeit im Konzertsaal so lange wie möglich ausdehnen. Und als es keinen Vorwand mehr gab zu bleiben, schloss ich mich einigen anderen an, die auf die Bühne kletterten, weil sie auf Zugang zur Garderobe hofften.

Keine Ahnung, ob der Mann von der Security mir, vom Alter mal abgesehen, irgendetwas ansah, jedenfalls ließ er mich vorbei. Ich fand den Sänger mit einem Glas Wein in der Hand, gemeinsam mit seiner Band, umgeben von Tausenden von Leuten, die mit einem Badge um dem Hals die Gänge rauf- und runterrannten, und ein paar Journalisten. Anstelle eines Grußes rief ich ihm über die vielen Köpfe meinen Namen zu.

»Maria ...«

»Ciao, es war sehr schön, bravo!«

»Hat es dir gefallen? Schön, dich zu sehen. Möchtest du Wein? Habt ihr bitte ein Glas Wein für meine Freundin?«

Wir tauschten ein paar Halbsätze über die Band, die ihn begleitete, und über einzelne Folk-Arrangements aus, wir wurden ständig von einem Strom von Menschen unterbrochen, die ihm wegen der geringsten Kleinigkeit Fragen stellten. Er gab allen Antwort, plauderte weiter mit mir und putschte sich nach seiner anstrengenden Performance mit Alkohol auf, der ihn keine Minute stillhalten ließ. Ein sehr schöner Mann um die fünfzig ließ ihn keinen Moment aus den Augen und reagierte unverzüglich auf jede Geste von ihm, als würden sie über einen Code miteinander kommunizieren. Kurz nach zwei, als sie sich endlich über das Abendessen verständigten, beschloss ich, mir ein Taxi zu besorgen, doch vorher rief ich ihn noch einmal kurz zu mir.

»Ich muss dir was sagen.«

»Nur zu.«

»Ich habe eine Tochter auf die Welt gebracht, sie ist jetzt etwas über einen Monat alt.«

»Aber du bist so dünn, stillst du nicht?«

»Nein, sie war ein Frühchen und liegt jetzt auf der Intensivstation, morgen wollen sie ihr den Sauerstoffschlauch abnehmen. Wenn sie es schaffen, ist das Schlimmste überstanden.«

»Und du bist hier?«

»Und ich bin hier.«

Während wir so gingen, wandte er sich suchend nach dem schönen Mann um, der uns tatsächlich folgte. Er sah ihn nur an, und schon fragte mich der Mann nach meiner Telefonnummer und speicherte sie in seinem Handy, dann verabschiedeten wir uns, und ich schaffte endlich den Absprung. Ich war betrunken, in der Via Caracciolo bat ich den Taxifahrer, kurz anzuhalten, und kotzte auf die Klippen.

»Wissen Sie das?«

»Am Montag gebe ich dir die Antwort.«

Als ich ins Krankenhaus kam, war alles beim Alten. Mina und Rosa musste ich mein Schweigen nicht einmal erklären. Ihre Kinder atmeten schon seit ein paar Tagen, aber sie konnten mein Schweigen mit mir teilen. Ich ging der Ärztin sorgfältig aus dem Weg, und in der Mensa sprach ich mit den anderen Müttern über etwas anderes. Ich ließ die Klappen des Brutkastens verschlossen, aus Angst, Irene könnte meine Wut abbekommen, jedes Mal, wenn mein Blick an dem blauen Schlauch hängen blieb, der in ihre Luftröhre führte, stieg wieder die Übelkeit der vergangenen Nacht in mir auf.

Kurz bevor ich wieder zur U-Bahn hinuntergehen wollte, rief mich der Manager an. Er fragte, ob ich zu Hause sei, ob sie bei mir vorbeischauen könnten, bevor sie sich wieder auf den Weg nach Mailand machten, wo ich denn wohnte.

Der Besuch dauerte kaum eine Stunde, es war das erste Mal, dass ich jemanden empfing, und ich schämte mich für das Durcheinander: Ich stopfte schnell alles in den Schrank. Sie brachten mir ein ganzes Tablett Blätterteiggebäck mit, und während der Manager auf dem Balkon rauchte und telefonierte, stöberte mein Freund in meinen Büchern herum und erzählte, wie er auf die Idee mit seinem neuen Beruf gekommen war. Zwischen uns stand die Frage, die er nicht zu stellen wagte. Ich schämte mich, sprach aber auch nicht darüber. Bis meine Tante anrief, die von meiner Schwangerschaft erst erfahren hatte, als sie schon wieder vorbei war, und sich seitdem hin und wieder diskret erkundigte. Gewöhnlich weinte sie am Telefon viel mehr als ich, und sie hatte sich die Geschichte von einem Lebensgefährten zurechtgelegt, den ich bestimmt heiratete, sobald alles überstanden wäre, dabei hatte ich ihr nie etwas dieser Art erzählt. Sie war die Einzige, die nichts von den Hoffnungen dieses Montags wusste, und sie war tatsächlich die Einzige, die mich anrief. Ich sprach laut mit ihr und ließ kein Detail aus, obwohl ich wusste, dass es ihr weh tat. Auf diese Weise bekam auch er eine Antwort. Bei einer Enttäuschung kann man eben nicht direkt sein, da muss man über die Bande spielen.

Dass Irene selbstständig atmete, erfuhr ich durch eine Nachricht auf meinem Handy, als ich gerade in die U-Bahn einsteigen wollte, eine halbe Stunde, bevor ich Irene mit eigenen Augen sah. In der Zeit, die darauf folgte, vom Bahnsteig bis ins Krankenhaus, versuchte ich, mich von mir selbst abzulenken.

Zu den erfreulichen Dingen im Leben war ich noch nie sehr gnädig. Vielleicht konnte ich mit Schicksalsschlägen besser umgehen, weil ich mehr an sie glaubte: Sie entsprachen meinen Erwartungen, waren genau so, wie ich sie mir vorgestellt hatte. Um die erfreulichen Dinge aber machte ich einen weiten Bogen und schaute in eine andere Richtung.

Als ich klein war, dachten meine Omas, Tanten und auch meine Mutter, ich würde mich nicht über Geschenke freuen. In Wirklichkeit war das Gegenteil der Fall: Ich war tief gerührt darüber, dass jemand, der nicht ich selber war, an mich gedacht hatte, und dieses Gefühl hütete ich. In der Schule kam es vor, dass wir uns unter der Bank heimlich etwas austauschten, eine Vokabel oder auch einen Radiergummi, und ich empfand die Möglichkeit der Komplizenschaft mit einer Freundin, mit einem anderen Menschen, als etwas sehr Starkes und Unbegreifliches. Und dass dieser Austausch und diese Komplizenschaft verheimlicht werden mussten, war normal und gehörte dazu.

Als Erwachsene gelang es mir, nicht mehr peinlich berührt zu sein, wenn ich in der Schule einen Kuli bekam, unterm Weihnachtsbaum ein Geschenk oder in der U-Bahn eine SMS. Die Nachricht war von Mina, und sie lautete: »Sie haben deine Tochter vom Schlauch genommen.«

Auf der Intensivstation ließ ich es ganz langsam angehen: Ich hängte in Ruhe meine Sachen in den Spind, nahm mir Zeit für die Desinfektion, suchte mir einen sauberen Kittel aus und schaute durch die Glasscheibe, weil Irenes Inkubator so weit hinten stand, dass ich ohnehin nichts hätte sehen können. Dann unterschrieb die Ärztin ein letztes Blatt Papier und empfing mich mit einem zufriedenen und professionellen Lächeln, während Mina und Rosa Spalier standen.

»Ja, ja, ich weiß«, sagte ich, damit sie wieder runterkamen und den Mund hielten.

Denn sie konnten nicht vorwegnehmen, was ich empfinden würde, und sie sollten nicht ihre Gefühle mit den meinen verwechseln oder sich und mich davon überzeugen, dass etwas Außergewöhnliches geschah. Es ist normal, dass Menschen atmen und dass sie es selbstständig tun, und nach fast zwei Monaten hatten wir diesen Normalzustand nun erreicht.

Irene war ein schlafendes Mädchen. Das Myelin hatte ihre Neuronen nach und nach umhüllt und ließ sie träumen: das verschwommene Abbild von etwas, das sie womöglich jenseits des Brutkastennebels gesehen hatte. Wie alle: Ihre geschlossenen Lider zitterten, und ihre Lippen deuteten ein Lächeln an.

Sie war immer noch kleiner als jedes zum ausgerechneten Zeitpunkt geborene Kind, doch einer ihrer Daumen versuchte unsicher, aber instinktiv, den endlich von Schläuchen befreiten Mund zu erreichen. Ihre Haut war rosig, und wenn sie die Arme krümmte, hinterließ das eine zarte weiße Furche an ihrem Handgelenk.

Dann begriff ich, dass Irene atmete und leben würde, denn als ich eine der Klappen zu ihr öffnete, weinte sie. Mir war nicht aufgefallen, dass ich in all der Zeit nie ihre Stimme gehört hatte: Über fehlende Dinge wundere ich mich nie, und ich suche nicht danach. Nun vibrierten ihre Stimmbänder wie die meinen.

Als ich an diesem Abend vor meiner Klasse stand, war ich voller Zuversicht: Ich ließ den Nachtgesang eines Hirten lesen, der mit seinen Schafen in Asien umherwanderte. Das stand nicht auf unserem Lehrplan, aber der schien eh weder Sinn noch Ziel zu haben. Fabrizio und ich hatten uns eines Tages vor vielen Jahren für die Abendschule entschieden, weil es in unserer Provinz nur dort freie Stellen gab. Dann entdeckten wir nach und nach, dass man einen goldenen Schlüssel brauchte, um durch die Tür des Klassenzimmers zu gehen, und dass diese seltsame Tür von innen und außen ganz anders aussah. Wir verdankten unsere Existenz einem ministeriellen Erlass, Nr. 455 des Jahres 1997, der nicht in die Praxis umgesetzt wurde.

Anfangs glaubten wir noch, um uns herum anzutreffen, was das »Modul« vorsah: einen Kollegen für Mathematik, einen für Sprache, einen für Technik. Fabrizio wollte Italienisch für Ausländer lehren, was damals noch Alphabetisierung genannt wurde. Doch er fand die Klassenzimmer ebenso ohne Schüler und Kollegen vor wie ich. Nachmittags in der Kaffeepause irrten wir durch die trostlosen Korridore der ersten Schulen, die überall in der Provinz in plumpe Fertigbauten gesteckt wurden, und fragten uns, wo die anderen alle blieben. Aber es gab sie einfach nicht. Unsere Zielschüler wurden von den erbärmlichen Einzimmerwohnungen der Altstadt aufgesaugt, spielten bis spät in die Nacht Bingo und trugen ihre Dyslexie durch Gassen und Viertel, bedingt durch Vernachlässigung und Kriminalität, bis sie Anfang Juni bei uns anklopften, um sich das Diplom zu erbetteln. Wir hätten es ihnen geben können. Die Möglichkeit und die Befugnis hatten wir, und um eine Abendschule am Leben zu erhalten, musste man nachweisen können, dass pro Jahr eine bestimmte Anzahl von Diplomen erreicht worden war. Andere Kollegen, die vernünftiger waren oder vielleicht nur vorübergehend dabei, weil sie auf die Versetzung an eine reguläre Schule warteten, verteilten die Zeugnisse Anfang Juni wie Flugblätter. Wir beide aber hatten alles selbst entwickelt: Wir hatten Übungstexte formuliert und zusammengebastelt, hatten fotokopiert und überarbeitet, was wir in den Bibliotheken fanden. Alles unser Privatvergnügen. Mehr als einmal waren wir mit dem Zug nach Rom gefahren, um uns auf den neuesten Stand zu bringen und zu spezialisieren. Wir stiegen gemeinsam mit den Pendlern im Morgengrauen in den Eilzug und kamen rechtzeitig zum Unterricht zurück, oder wir nahmen am Wochenende auf eigene Kosten an Workshops teil.

Deshalb graute uns vor diesen Schlangen von Bittstellern, nicht ihretwegen: unseretwegen. Wir hatten das Gefühl, die Stadt sperre den Mund weit auf, um uns ihre verfaulten Zähne zu zeigen.

Die Schulleiter machten auch nichts anderes: Sie missbrauchten uns als Auffangbecken, um eine müde Lehrerin der Morgenschule loszuwerden, die noch Beitragsjahre für ihre Pension sammeln musste, oder einen Lehrer, den die Eltern nach seinem Nervenzusammenbruch nicht mehr wollten.

Das System, in dem wir unsere erwachsenen Schüler empfingen, war eine schlechte Kopie der normalen Schule, dasselbe System, von dem sie sich vierzig Jahre zuvor abgelehnt gefühlt hatten.

Aber hin und wieder geschah ein kleines Wunder.

»Welcher Teil des Gesangs hat euch am besten gefallen?«

Gaetano hebt die Hand: »Als er wie der Donner sein will, der durch die Täler zieht und die Namen aller Sterne weiß, so sagt er doch, oder? Dass er sie wiedererkennt, sie einen nach dem anderen aufzählt. Einen nach dem anderen, das gefällt mir.«

Ich hatte mir wieder angewöhnt, an Shans Arm nach Hause zu gehen, die Abende waren lang und sehr lau, aus dem Botanischen Garten strömte der Geruch von Eukalyptus, und die Stadt füllte sich mit Touristen. Das im Mai stattfindende Kulturfestival versetzte die legendären Taschendiebe der Piazza Cavour in hektische Betriebsamkeit: Die beiden, die alle nur »Dolce e Gabbana« nannten, standen elegant in den Ecken der altehrwürdigen Palazzi herum, die nur für diesen Monat geöffnet wurden, und oft mussten Shan und ich auf dem Heimweg dichte Gruppen von Besuchern spalten, die sich noch bis tief in die Nacht hinein fragen würden, wo bloß ihre Brieftaschen geblieben waren.

»Wissen Sie das?«

»Frag doch den Vater der Kleinen, geh zu ihm und frag: Weiß er es?«

Auch Irene das erste Mal im Arm zu halten, war nicht schwierig, dieses Wissen musste schon irgendwo in den Genen vorhanden sein.

Sie sagten: »Setzen Sie sich«, dann reichten sie mir die Kabel mit den Elektroden, wickelten Irene in eine Decke und legten sie in meine Hände.

Ohne es zu denken, ohne überhaupt zu denken, spürte ich, dass ich nie mehr Hunger oder Durst, dass ich kein Verlangen nach Sex mehr haben würde. Und wenn ich in diesem Augenblick fünfzehn Jahre lang verharrt hätte, wäre kein einziger Tag verschwendet gewesen. Dann überkam mich die Müdigkeit.

In dieser Zeit brach sich die Ärztin ein Handgelenk, als sie versuchte, eine Familie der Zeugen Jehovas davon zu überzeugen, einer Bluttransfusion zuzustimmen. Sie hatten die Intensivstation drei Mal verlassen und wieder aufgesucht, um alle Aspekte der Frage zu berücksichtigen und sich vielleicht mit dem Allmächtigen zu beraten, obwohl das Krankenhaus nur über eine katholische Kapelle verfügte. Als die Ärztin sah, wie die Zeit davonlief und mit ihr das Blut, sagte sie: »Jetzt oder nie«, und weil sie ihren Worten durch Gesten Nachdruck verlieh, stieß sie gegen das Fenster und brach sich das Handgelenk. Der Vater und der Großvater des Kindes wollten, dass nur das Plasma übertragen würde: der weiße, filtrierte Teil des Blutes.

Die Mutter kam zu mir, weil sie mich im Wartezimmer Hausaufgaben hatte korrigieren sehen, und bat mich, ihr aufs Klo zu folgen, wie in der Schule.

»Was ist im Blut drin?«

»Wasser, Zucker, verschiedene Bestandteile: Blutkörperchen und Blutplättchen.«

»Und was ist Plasma?«

»Plasma heißt auf Griechisch Gebilde …«

»Was soll ich tun? Was ist das Beste für das Kind?«

»Für das Kind ist es das Beste, wenn du die Einwilligung zur Bluttransfusion unterschreibst, so wie sie ist, sie den Ärzten gibst und ihnen vertraust.«

»Aber das ist Sünde.«

»Du begehst eine Sünde, aber dein Kind ist in diesem und im anderen Leben gerettet.«

»Dann wäre es egoistisch, diese Sünde *nicht* zu begehen …«

»Simona, ich denke, wenn das Kind stirbt, wird es kein großer Trost für dich sein, dass Gott es so gewollt hat. Wie soll ich sagen … Ich bin auch für die Abtreibung, verstehst du? Warum hast du gerade mich gefragt?«

»Weil du den Ärzten widersprichst und trotzdem keine Angst hast, dass sie dein Kind umbringen.«

Ich hatte den Ärzten nicht widersprochen: Ich hatte in der Besuchszeit am Mittag eine Dosis Phenobarbital auf Irenes Brutkasten liegen sehen. Und ich wusste, dass diese Dosis morgens verabreicht wurde. Auch die Krankenschwestern wussten das, ich hatte mitgehört, wie die eine zu einer anderen sagte: »Jetzt können wir es nicht mehr geben …« Also sprach ich den von Studentinnen umringten Chefarzt während der Visite darauf an und fragte ihn, was man da tun könne. Er lächelte: »Das war ein Fehler, wie sie ständig passieren. Machen Sie sich keine Sorgen.« Ohne ihm zu antworten, zückte ich mein Handy und wählte die Nummer der Polizei. Daraufhin veranlasste er, dass das Präparat unter Berücksichtigung der ausgelassenen Dosis neu berechnet wurde, und erteilte den diensthabenden Krankenschwestern eine schriftliche Abmahnung.

»Versuchen wir es so: Denk mal nicht an das Kind, sondern an dich. Was willst *du*?«

»Ich habe die Bibel dabei, willst du wissen, was sie dazu sagt?«

Sie reichte sie mir, sie sah aus wie ein Katalog von Reader's Digest, dem Impressum entnahm ich, dass sie aus dem Amerikanischen übersetzt war. Im Anhang gab es ein Sachregister, aber ich wusste nicht recht, wonach ich suchen sollte. Ich legte das Buch in ihre Tasche zurück.

»Nehmen wir es selbst in die Hand, Simona, denn sonst hilft uns eh niemand.«

Ich betrat die Büros im hinteren Teil der Intensivstation. In dem kleinen Raum davor versuchten Frauen, die erst vor Kurzem das Bett verlassen hatten, sich mit Pumpen etwas Milch abzusaugen. Die verteilten sie dann auf kleine Spritzen, gerade so viel, wie ihre Babys schaffen würden, schrieben ihren Namen drauf und legten sie ins Eisfach. Ich hatte längst keine Milch mehr, seit jenem Tag, als sie mir sagten, in Irenes Magen sei eine Blutung aufgetreten und sie dürfe zwei Tage lang nichts zu sich nehmen.

Ich fing den jungen Arzt an der Tür ab.

»Gib mir mal eine Einwilligung zur Bluttransfusion.«

Er hatte gerade die Ärztin in die orthopädische Abteilung gebracht, damit ihr Handgelenk eingegipst wurde, und verstand sofort. Er nahm mich mit ins Büro und gab mir ein Blatt Papier.

»Gut, setz dich an den Computer, leg einen Bogen mit Briefkopf in den Drucker und schreib.«

»Das ist verboten.«

»Kiffen ist auch verboten.«

»Was hat das damit zu tun …«

»Hör zu, entweder der Staat nimmt es sich heraus zu tun, was er will, dann braucht er sich auch keine Einwilligung von Simona zu holen, oder er lässt uns selbst entscheiden, wie wir mit Leben und Tod oder unserer Lieblingsdroge umgehen.«

»Diese Einwilligung haben wir von dir auch verlangt, Irene hat vier Bluttransfusionen bekommen.«

Ich erinnerte mich gut an den Tag, an dem die Ärztin zu mir kam, um sich die Einwilligung zu holen. Ich lag im Krankensaal im Bett, und sie sagte: »Ich lese es Ihnen vor.«

Ich antwortete: »Das schaffe ich noch alleine, danke.«

Ich bat sie nur, mir zu erklären, was das Wort *Hyperechogenität* bedeutete. Dann unterschrieb ich.

»Mit diesem Papier schüttelt der Staat jede Verantwortung ab. Wenn er sichere Spender hätte, bräuchte er keine Einwilligungen.«

»Das ist auch eine Frage von Respekt.«

»Vor drei Wochen hatte Irene eine Lungenentzündung. Das habe ich aus ihrem Krankenblatt erfahren. Sie wurde mit Antibiotika behandelt, und mir wurde nichts davon gesagt. Weißt du, warum?«

»Warum?«

»Weil sie die Lungenentzündung in einer aseptischen Umgebung bekommen hat, aseptischer als ein Krankenhaus, und zwar von einer Maschine, die ihr Luft in die Lungen pumpt. Also befand sich der Erreger in der Luft, im Schlauch oder im Filter. Hat der Staat mich da vielleicht um meine Einwilligung gebeten?«

»Warum nimmst du dir alles so zu Herzen?«

»Weil ich nicht Simona bin, mit einem durchgeknallten Mann und einem Gott im Himmel. Weil ich eine Scheißangst hatte und eine schwere Entscheidung treffen musste. Eine schwere Verantwortung, die ich für Irene trage. Deine Kollegin kam zu mir in den Krankensaal, gab mir das Blatt, und ich unterschrieb. Punkt.«

Punkt. Der junge Arzt zog mich am Unterarm zu sich heran und küsste mich lange, und gar nicht schlecht.

Einige Minuten später setzten wir das schönste Dokument auf, das je in einer Klinik auf die Beine gestellt wurde, ausgeklügelt und präzise, eindringlich und klar: Das Wort *Plasma* tippten wir einige Male. Ein junger Arzt mit weißem Kittel und mit großer Angst ließ es Simonas Mann unterschreiben, während Simona das richtige Dokument unterschrieb.

Anschließend nahm ich das falsche Schriftstück an mich, um es in meiner Tasche zu zerreißen. Auf dem Weg nach draußen hörte ich noch, wie Simonas Mann sich rechtfertigte: »Das ist nicht böse gemeint, aber so etwas konnte ich nicht unterschreiben. An uns Zeugen Jehovas denkt nie jemand.«

»Stimmt«, sagte ich, »sie werfen alles in einen Topf.«

Ich warf die schönste Einwilligung in der Geschichte des Gesundheitswesens in den hintersten Müllcontainer der Klinik.

Eines Abends nahm Fabrizio mich mit auf die Wahlfeier eines Kandidaten der Linksdemokraten. Er hätte ihn nie gewählt, aber das Fest fand in einer wunderbaren Ecke von

Bagnoli statt, man stand am Sandstrand und nippte Champagner.

Nach fünf Jahren begann die Stadt sich nun wieder als Teil eines Ganzen zu sehen. Das war das Besondere an den Parlamentswahlen: Da landeten unsere Stimmen und die aus Mailand in derselben Berechnung. Und wenn man sich auf der Straße umhörte, hatte es den Anschein, als gäbe es tatsächlich noch etwas zu wählen, als würde sich etwas ändern, wenn man nur richtig wählte.

Das Meer war schon wärmer als die Luft, und ich erzählte Fabrizio mit nassen Füßen von dem jungen Arzt.

»Dann fiel mir wieder ein, dass ich ihn früher mal in einem Kulturzentrum kennengelernt hatte: im Ska, während der ersten Besetzung.«

»Dann müsste ich ihn auch kennen.«

»Er ist bestimmt zehn Jahre jünger als ich.«

»Gratuliere …«

»Das ist so banal: der Arzt und seine Patientin.«

»Du bist doch gar nicht die Patientin.«

In Wirklichkeit sah ich in der Ferne, wo der Monte di Procida in der Dunkelheit verschwand, schon eine ungewisse Hoffnung aufschimmern. Sie schwankte mit den Lichtern der Fähren, doch ich erkannte sie: Vielleicht würde Irene früher oder später die Campi Flegrei sehen. Die Fragen, die darauf folgten, wann und mit welchen Augen, wie und mit wem, waren die Strömungen, die uns Menschen in die Weite trieben.

»Außerdem gefällt er mir gar nicht besonders.«

»Ich glaube, du fühlst dich nur schuldig. Wie alle Frauen, wie alle Menschen.«

»Ach, das klingt doch ziemlich banal.«

»Hör zu: Vielleicht bist du ja sogar etwas Besonderes, immerhin hast du kapiert, dass ich meine Schüler fremdsprachige Literatur in Übersetzung lesen lassen muss, aber diese psychologischen Mechanismen sind vielleicht zwei oder drei, und die werden auch bei dir ziehen. Oder nicht?«

Ich streckte ihm den Mittelfinger meiner rechten Hand entgegen und sagte: »Lass uns abhauen.«

Wir verließen die ehemalige Stahlfabrik, das verschmutzte Meer, den radioaktiven Sand und die Veranstaltung des Wahlkandidaten, der soeben verkündete: »Man muss sich nur einen kurzen Moment hier aufhalten, um sein Herz links in der Brust schlagen zu hören …«

So banal konnte es doch nicht sein. Mit sechzehn bezwang ich die größte Anstrengung meines Lebens und legte die Dornenkrone ab, die ich von Mama geerbt hatte: Meine Mutter war eine Nonne in Zivil. Sie versteckte sich vor meinem Vater, der sie auslachte und nur am Hochzeitstag das Zeichen des Kreuzes gemacht hatte, und sie versteckte sich vor sich selbst, um mit der Zeit zu gehen. In ihrem Nachtschränkchen und in ihrem Innern hatte sie die *Imitation Christi* vergraben, die sie bei ihrer Tante, wo sie aufgewachsen war, lesen musste und die bisweilen hinterlistig und unbemerkt wieder in Erscheinung trat.

Es war bekannt, dass sie ihren treuen Gefährten geheiratet hatte: eine dieser Geschichten, die Teil der Familienmythologie waren und die von den Schwestern in den Weihnachtsferien ständig wiederholt wurden, nicht vor mir, aber nie weit von mir entfernt.

Ihre große Liebe hatte sie Jahre später am Schloss von

Caserta wiedergesehen, bei einem Sonntagsausflug: Da spazierte der Mann ihres Lebens mit einer anderen Frau den Hauptweg des Englischen Gartens entlang. Zum Glück war Mama an diesem Tag gut gekleidet, und ich auch, sie hatte mir ein rosafarbenes Chiffonröckchen angezogen. Sie klammerte sich an uns: mich an der Hand und Papa am Arm.

Und alles war nur und genau das, was es schien.

Jede Art von Aufopferung verschaffte meiner Mutter eine vage Befriedigung, es war wie eine leichte Perversion, dass sie nicht ins Kino ging, selten Verwandte zum Essen einlud und ihre Freundinnen aus dem Blick verlor. Sie hatte nie gearbeitet, schließlich wäre dann das Haus im Chaos versunken, und ich wäre von wer weiß wem großgezogen worden. Wenn sie sich schminkte, verkündete sie laut durch die Badezimmertür, dass sie es nur widerwillig tat, und das Geld für die Kleider, die sie sich nie gekauft hatte, bereicherte den Familienaltar. Aus einem Mantel mit Pelzkragen war der Tisch geworden, auf dem mein Vater geräuschvoll seine Brühe schlürfte, und der Tag ihrer Silberhochzeit wurde meine Belohnungsreise nach Griechenland. »Hast du Spaß?«, fragte sie mich über die Adria hinweg, während die Telefonmünzen durchrasselten.

Aber dieser Ausflug zum Schloss von Caserta, an den ich mich nicht erinnern konnte, die Anordnung der Wege, im rechten Winkel zu den Wasserkaskaden, zwischen denen meine Mutter noch näher an uns heranrückte: Diese Szene hatte zur Folge, dass ich in der Liebe jede sich bietende Möglichkeit weit von mir wies. Ich hätte Feministin werden können, mit jener subtilen Haltung, die sich nie offenbart, doch ich war auf meine eigene Weise zwischen den Männern hindurchmarschiert, um nichts zu verpassen. Egal, wie ich mich entschied, es war ohnehin falsch: zu heiraten oder allein zu bleiben, sich zu verloben oder zu lieben, sich zu verlieben oder sich zu ertragen, sich zu provozieren, zu gewinnen oder zu verlieren, zu schützen und sich beschützen zu lassen. Und ich wäre nie bereit gewesen, eine dieser Sachen zu verteidigen.

Die letzte Zeit, bevor meine Mutter starb, als ich eine müde Witwe besuchte, deren Welt im Äther des Fernsehens verschwunden war, setzte ich mich mit ihr an den Tisch und beobachtete sie heimlich. Wenn sie das Nudelwasser abgoss, sah ich hinter ihr, durch die Küchenfenster, immer noch den Schornstein der Konservenfabriken aufragen, an deren Stelle nun ein Bingo-Laden oder ein Discountmarkt stand. Ich fragte mich, wer von uns mehr Opfer erbracht hatte.

»Ja?«

»Ich wollte nur fragen, ob du die Einwilligung danach verbrannt hast.«

»Es ist verboten, sich zu privaten Zwecken eine Telefonnummer aus den Krankenhausakten zu besorgen … Du begehst ein Verbrechen nach dem anderen, ist dir das schon mal aufgefallen?«

»Ach, und die Schwäche eines Arztes auszunutzen, ist kein Verbrechen?«

»Nun verdreh mal nicht die Tatsachen, Bürschchen.«

»Lass nicht die Mutter raushängen.«

»Nein, ich mache mir nur Sorgen … Apropos Verbrechen: Du bist doch volljährig, oder?«

»Offensichtlich habe ich mich gut gehalten.«

»Halt dich vor allem von meiner Telefonleitung fern.«

»Ist ja gut, ich wollte nur wissen, was du dem Gynäkologen sagst, wenn er morgen früh um sechs wieder bei dir herumspukt.«

»Also wirklich. Das sind streng vertrauliche Unterredungen, davon werde ich dir bestimmt nichts erzählen.«

»Wissen Sie das?«

»Das weiß ich, und jetzt bringen Sie mich in den Kreißsaal, oder injizieren Sie mir Zyanid.«

In einem anderen Abschnitt meines Lebens, den ich nicht mehr als repräsentativ bezeichnen konnte, hatte ich einmal eine Folge von *Quark* oder einer anderen Wissenschaftsshow gesehen. Verträumt klebte ich am Bildschirm, auf dem ein wunderbarer Fötus umhertrieb, unbestimmt und bedeutungsvoll in der die Membrane durchdringenden Aufnahme, angestrahlt vom rötlichen Licht des Fleisches, ein pulsierendes Leben, das Saugen übte. Im Off sagte eine klare und akzentuierte Stimme, dies geschehe in der achtunddreißigsten Woche dieses Lebens. Irene hatte weder die Zeit noch genug Fruchtwasser, um diese Geste nach und nach zu lernen, die ich nun aus meinem Gedächtnis verdrängte, so wie man sich von der Erinnerung an eine Liebe zu befreien versucht, die einst perfekt schien und rückblickend nur wehtut. Nachdem die Infusionen ihre Arbeit getan hatten, war Irene durch die Nase ernährt worden, und nun versuchten sie, ihr mithilfe eines selbst gebastelten Schnullers das Saugen beizubringen.

Eines Tages sagten die Ärzte, sie sei bereit, sie solle ihre Milch nun aus dem Fläschchen trinken, also musste ich auch bereit sein, sie ihr zu geben.

Aber das Bild, das wir boten, hatte noch nicht viel gemein mit einer Mutter, die ihr Baby füttert. Wenn Irene zu stark saugte, gelangte die Milch in ihre Luftröhre, und ihr Brustkorb war nicht stark genug, um sie wieder auszuhusten: Er machte einfach gar nichts. Sie hörte auf zu atmen, bis sie blau anlief und die Krankenschwestern ihr halfen. Nachdem ich sie fast umgebracht hatte, legten sie mir Irene zurück in den Arm, und ich musste von vorne beginnen. Ich wusste, ich wusste mit der Entschlossenheit eines Menschen, der fast ertrunken ist und wieder ins Meer springt, dass diese Entschlossenheit nichts als Angst ist. Ich sagte mir: Es ist das Normalste auf der Welt, das Leichteste, das Erste von allem. Doch die Monitore spielten verrückt, und Irene musste wiederbelebt werden, und entweder machte man so weiter oder Irene würde nie da rauskommen.

Irene die Milch zu geben, war das, was ich mir am meisten wünschte und wovor ich mich am meisten fürchtete. Ich betrat die Station ganz entschieden, bereitete mich sorgfältig vor, stellte das rechte Bein, auf dem die Kleine liegen würde, bequem auf den Boden, damit sie das Zittern meines Fußes nicht merkte, ich suchte nach der richtigen Neigung zwischen Fußboden und Armbeuge, ich erspürte jeden Atemzug und jeden Schluck, wie ein Sprengmeister, der eine Bombe belauscht. Irenes Schicksal lag alle vier Stunden in meiner Hand, und ich konnte mich nicht weigern, es anzunehmen.

»Wie läuft es?«, fragte die Ärztin, als ich mir den schweißnassen Kittel ausgezogen hatte.

»Wir üben noch.«

»Es gefällt mir, dass Sie den Plural benutzen: So wird es immer sein.«

Ich klammerte mich nur an das Wort *immer*, drückte es fest an mich und sprach es im Geiste wieder und wieder aus, um ihm Wahrheit zu verleihen.

Unter dem Kittel trug ich tagelang dieselben Kleider. Denn die Klamotten, die ich abends auf der leeren Bettseite liegen ließ, waren am nächsten Morgen am schnellsten griffbereit. Das Duschen war nicht mehr eine hygienische Notwendigkeit oder ein Entspannungsritual, sondern, wie alles andere, eine Sache, die ich mit schlechtem Gewissen tat: auch nur eine Ablenkung, und sie trug die grausame Zwiespältigkeit in sich, wohltuend und schuldbeladen zugleich zu sein.

Nach drei oder vier Tagen rollte ich die getragenen Kleider zusammen, stopfte sie in die Waschmaschine und suchte mir eine neue Kombination von T-Shirt und Rock.

Die Waschmaschine hatte den gleichen Geruch von überhitztem Plastik wie die Intensivstation.

Es wäre besser gewesen, den Kittel anzubehalten. Das entsprach eher dem inneren Bild, das ich von mir, von meinem vergessenen Körper hatte. Mit einer Maske durch die Straßen zu laufen, wie die Japaner, die am Museo Nazionale aus der U-Bahn stiegen, wenn ich mich in ihr versenkte, um zu Irene zu fahren.

Unser Leben auf der Intensivstation hatte etwas sehr Kindliches: Die Art, mit der Ärzte und Personal uns auf den Fluren beim Nachnamen riefen, das Warten vor dem Einlass, die

Mensa, das gegenseitige Zuknöpfen der Kittel, die am Rücken geschlossen wurden.

In der Grundschule und auch später noch auf der Mittelschule trugen wir Mädchen eine lange schwarze Schürze mit weißem Kragen. Zu Hause beim Essen hatte mein Vater mal aufblitzen lassen, wie absurd diese Schulschürzen seien, doch meine Mutter widersprach, so blieben die Kleider wenigstens sauber und niemand könne sehen, was man drunter anhabe. Es machte ihr zu schaffen, dass sie mir nicht jeden Tag etwas anderes anziehen konnte, und irgendwann begann ich es selbst für einen Mangel zu halten, keinen natürlichen, sondern einen von außen herangetragenen Mangel. Ich mochte die schwarze Schürze, sie verdeckte alles Überflüssige, kaschierte meine Brust, die nicht wachsen wollte, die mageren Hüften und die dicken Binden, die mir jeden Monat für ein paar Tage die Jeans vollstopften. Wichtig war nur, was unten herausguckte. Als Schlaghosen nicht mehr modern waren, stülpte meine Mutter, die eine Meisterin der Nähkunst war, den überschüssigen Stoff nach innen und machte einen Röhrenschnitt daraus. Die Mode war in jenen Jahren weit von uns entfernt, weiter als Neapel von Mailand, und mit einem T-Shirt herumzulaufen, auf dem irgendein Name stand, und sei er so schön wie der von Valentino, galt als mangelnde Individualität.

Fabrizio hatte einen Schüler, der mich verwirrte, weil er so ernst war. Alle, die aus dem Osten kamen, waren ernst, aber die Jüngeren von ihnen flirteten mal mit einer Klassenkameradin, oder eine hatte den Markt von Poggioreale entdeckt und präsentierte am Montag stolz ihre vermeintlichen Markenklamotten und verwandelte die ersten zehn Minuten der Unterrichtszeit in eine Modenschau. Viele waren jederzeit bereit, über die traurige und unsichere Existenz, die sie in Italien führten, zu lächeln, ein Charakterzug, der direkt aus dem 19. Jahrhundert von den klassischen Autoren ihrer Heimat abzustammen schien. Ivan nie. Er saß in seinem besten Anzug brav auf der Bank und verschloss sich hinter seiner Intelligenz. Er war etwa zwischen dreißig und vierzig, von nicht näher identifizierbarem Alter, das niemand überprüfte, aus fehlendem Mut. Wir wussten weder, welcher Arbeit er nachging, noch, wie er nach Italien gekommen war. Im Übrigen hatten wir es aufgegeben, uns um Visa und Aufenthaltsgenehmigungen zu kümmern, als wir kapiert hatten, dass unsere Klassen leer wären, wenn wir es da ganz genau nähmen. Wir wussten, dass er aus Sankt Petersburg kam, denn in einer Hausaufgabe hatte er von gewissen Nebenarmen der Neva geschrieben, die er als Junge überquerte, dass der Wind an den Mündungen peitschte und dass sie heute von Kähnen mit betrunkenen Touristen besudelt würden, sodass selbst der Wind nicht mehr zu blasen schien.

Es war ein schöner Aufsatz: Fabrizio zeigte ihn mir sofort, nachdem er ihn korrigiert hatte, denn er wusste, dass Ivan mich interessierte.

»Der verachtet uns«, sagte ich, als ich ihm das Papier wieder in die Hand drückte.

»Nicht dich oder mich, sondern diese Touristen.«

»Wir könnten aber diese Touristen sein.«

»Wir sind Lehrer, er besucht unseren Unterricht, irgendeinen Wert wird das doch haben.«

Ivan offenbarte mir einen universellen Blick auf das Leben, den wir in dieser vulgären und oberflächlichen Welt nicht mehr zulassen konnten, uns nicht zu bewahren vermochten. Dass wir in dieser Welt lebten, ohne uns ihr zugehörig zu fühlen, sie mieden und bekämpften, wo es nur ging, war höchstens für unsere kurzsichtigen Augen offenkundig. Man musste nur die Grenze zum Ural überschreiten oder die vergangenen dreißig Jahre in Italien streichen, um den Unterschied zwischen uns auf das zu reduzieren, was er war: eine kulturelle Nuance. Im Unterricht trug Ivan dieselben Kleidungsschnitte, die meine Mutter dreißig Jahre zuvor an mir immer gern unter der Schulschürze versteckt hatte.

Eines Nachmittags, als das Trinken der Milch ganz gut lief, vergaß ich für einen Moment die Monitore, den Neigungswinkel des Handgelenks, die Füllmenge des Fläschchens und betrachtete Irene. Ihre Augen waren geöffnet, wie Augen nur geöffnet sein können: Die Iris erfüllte beinah den gesamten Raum, sie war perfekt gerundet, und sie sah mich an. Oder vielleicht sah sie mich auch nicht, denn der Augenarzt der Station konnte nach seiner Untersuchung nicht ausschließen, dass Irene blind sein könnte. Vielleicht hörte sie nur meinen Herzschlag, der sehr schnell war und dem ihren nacheiferte, vielleicht nicht einmal das. Aber sie spürte mich. Sie lag auf meinem Arm, ich hielt sie, sie spürte mich, und ich lächelte ihr zu. Nicht diese Grimasse, die ich mir vom ersten Augenblick an aufs Gesicht gepresst hatte, das war nur die gesellschaftlich tolerierte Form einer Flucht. Ein Lächeln, wie wenn einem in einem bestimmten Augenblick des Lebens plötzlich etwas begegnet, das vollkommen ist und nur einem ganz allein gehört.

An jenem Tag entdeckten wir die Sprache.

Als die Luft milder wurde, nutzten wir die Mittagspause, um das Krankenhausgelände zu verlassen. Es geschah auf ganz natürliche Weise, nach und nach hatten wir den Kreis, der uns umzingelte, vergrößert, hatten immer mehr das Gefühl, uns ein Stück weiter wegbewegen zu können. Wie Kinder, wenn sie anfangen zu laufen und sich immer weiter von ihrer Mutter entfernen, hatten auch wir von unseren Kindern Selbstvertrauen gelernt.

Mit der U-Bahn gelangten wir nach wenigen Stationen mitten ins Herz des Vomero, ein Viertel, das mich noch nie ganz überzeugen konnte, aber anders als Mina bewegte ich mich hier mit einem gewissen Wohlbehagen. Denn wir entfernten uns vom Krankenhaus, weil wir auf der Suche nach Wohlbehagen, nach Natürlichkeit waren.

Anfangs fühlten wir uns wie jemand, der zum ersten Mal seinen Hausarrest verlässt, wenn wir in die Via Scarlatti einbogen: Wir schauten uns unsicher um, musterten Straße und Passanten mit einer grundlosen Unruhe im Blick und in den Beinen. Dann ließ die Angst allmählich nach, und wir schafften es sogar, einen Kaffee zu trinken und wahrzunehmen, dass es ein richtiger Kaffee war, kochendheiß, ungesüßt und in einer Tasse, Lichtjahre entfernt von dem Gesöff aus dem Kaffeeautomaten in der Klinik.

Wir sahen uns an, spiegelten uns in den Schaufenstern, betrachteten uns wie Außerirdische auf der Suche nach einer Welt, die von einer anderen Spezies bevölkert wird. Rosa kam nie mit, sie saß lieber eng umschlungen mit ihrem Mann in der Sitzecke: Niemand konnte sie ihren ineinander verschränkten Händen, ihren Küssen entreißen, diesem Überbleibsel von zerstörter Jugend, welche das Krankenhaus und der Tod der Kleinen schnell vertilgten.

Jedes Mal statteten wir Prénatal einen Besuch ab, manchmal warteten wir sogar auf einer Bank gegenüber, bis es öffnete, wie zwei Mamas in der Mittagspause. Das Geschäft füllte sich schnell mit Kinderwagen und Müttern, die sich in einen pedantischen Turnus von Anproben, Umkleidekabinen und zwangsweise übergestülpten Mützen stürzten. Wir konnten nur in einer Abteilung wirklich etwas kaufen, auf die Etiketten unserer Strampler war eine doppelte o aufgedruckt, wie beim extrafeinen Weizenmehl; Mina zog sich einen über die Hand, und es sah aus wie eine Marionette ohne Kopf. Wir fragten uns, ob sie wohl passen würden, die Verkäuferinnen waren überaus hilfsbereit.

»Können Sie Ihr Kind nicht mal mitbringen? Unterwäsche tauschen wir nämlich nicht um, wissen Sie?«

»Nein.«

»Dann ist es wohl ein Geschenk …«

Die Wahrheit ist, dass wir uns schämten, und dass wir zu zweit waren, machte uns auch nicht viel mehr Mut. Der Prénatal war Verlockung und Verderben eines jeden nachmittäglichen Ausgangs. Das Gesetz des Marktes gestattete keine Ausnahmen, es richtete sich nach den großen Größen, warb mit provokanten Bildern. Gut aussehende Schwangere in hautengen Klamotten, die allein kraft ihrer Grazie futuristische Kinderwagen vor sich herschoben, in denen bereits ein anderes Kind saß. Und drei Katalogseiten weiter tauchte sie noch einmal neben ihrem lächelnden Liebsten auf, der unter dem Gewicht des auf seinem Rücken thronenden Babys leicht gebeugt stand.

Mina und ich waren weder wie die eine noch wie die andere, aber so absurd und so lebensfern diese Models auch waren, konnten sie unser Minderwertigkeitsgefühl doch nicht zum Schweigen bringen. Sie erzeugten sogar eine noch viel abscheulichere Gewissheit: nicht den Erwartungen einer Welt zu entsprechen, die einem nicht einmal gefällt.

An einem Tag hatten Fabrizio und ich eine Probe der schriftlichen Prüfung geplant. Um sicherzugehen, dass ich rechtzeitig dort sein würde, bat ich Gaetano, mich mit dem Auto abzuholen, ich hatte mich mit Mina und ihm vor dem Prénatal verabredet, und dann spazierte ich vorher noch allein die Via Morghen hinunter.

Als ich am Benetton vorbeikam, musste ich mich daran erinnern, dass genau davor eines Morgens vor vielen Monaten Irenes Vater abgehauen war. Das letzte Mal, dass ich ihn sah, das einzige Mal, dass ich ihn wirklich sah. Er hatte mich dort stehen lassen, mit dem Geschmack von Kaffee auf der Zunge und einer Ultraschallaufnahme unterm Arm.

Doch an diesem Nachmittag überlegte ich, welche Aufgabe ich meinen Schülern geben sollte, und marschierte weiter. Den Spuren meiner Kindheit folgend, stieg ich zum Castel Sant'Elmo hinauf, zahlte Eintritt und ging hinein. Ich stand auf dem Exerzierplatz und erinnerte mich an einen Ausflug, den ich in der Grundschule hierher unternommen hatte, alle in Reih und Glied unter der Sonne aufmarschiert.

Ich stieg oben auf den Wall und sah durch jede Schießscharte, sah den Tuffstein, der senkrecht bis zur Stadt hinunterreichte, und dann fand ich sie: die Stadt, die während jeder Stunde, die ich im Krankenhaus verbrachte, widerwillig und gehässig dort draußen wartete. Ich ging den Wall entlang, um sie wiederzuerkennen. Sie war noch dieselbe, und es gab sie schon immer. Es gab sie schon vor Irene, schon bevor ihr Vater mich verließ, es gab sie, als ich zehn war und sie uns auf dem Schulausflug untersagten, uns über das Geländer zu lehnen.

Das Leiden zuzugeben war sehr schwierig für mich. Ich zog es vor, an den normalen Lauf oder an schöne Momente zu denken, den beruflichen Erfolg, die Verzückung des Verliebtseins, das Staunen über die Schwangerschaft. Nur diesen Dingen gestand ich Wahrhaftigkeit zu. Als der Schmerz mich überraschte, glaubte ich ihm nicht: Er war ein Hindernis, eine Sache, die man aus dem Weg räumte, um sich anschließend wieder dem richtigen Leben zuzuwenden. So war es mit der Krankheit meines Vaters und beim Tod meiner Mutter.

Mit Mina und Rosa sprach ich lange über die Schäden, die durch die Frühgeburt entstanden sein könnten, über die Behinderungen, die uns in den kommenden Jahren vielleicht das Leben schwermachen würden. *Wissen Sie das?* Nein, ich wusste es in der Tat nicht, aber ich war mein Leben lang eine gute Schülerin gewesen, und ich würde es lernen.

Ich erinnerte mich an eine Maske, die ich einmal in einer Ausstellung über präkolumbianische Völker gesehen hatte und die eine gesunde, lächelnde Gesichtshälfte besaß und eine von der Krankheit zerfressene. Ich dachte an den verrückten Handwerker, der eines Tages hundert Jahre vor der Eroberung durch die Spanier dieses Stück Terrakotta in einen Ofen geschoben und akzeptiert hatte, dass die beiden Seiten gemeinsam gebrannt wurden.

Dieser Verrückte wusste es.

Und dort unten in der riesigen Stadt wussten es wohl auch

viele. Sie gingen, in der zarten Stunde des frühen Nachmittags, nach Hause, zum Auto, ins Büro, und diese Möglichkeit begleitete ihre Schritte.

Mina und Gaetano saßen vor dem Prénatal auf der Bank und unterhielten sich angeregt.

»Entschuldigt, es ist ein bisschen später geworden.«

»Macht nichts, *professoré*, aber jetzt sollten wir Mina zur Fähre bringen.«

Während der Fahrt versuchte er vergeblich, mir irgendwelche Hinweise auf das Aufsatzthema zu entlocken, um eine halbe Stunde Vorsprung zu ergattern. Nicht gegenüber seinen Mitschülern, nur gegenüber der Zeit, sonst nichts.

Mina holte die Lätzchen aus der Tüte, die wir gekauft hatten, und zeigte Gaetano eins: »Wie findest du das? Sieht aus wie ein Lätzchen, oder?«

»Wieso, was ist es denn?«

»Wenn mein Sohn es anhat, ist es ein Kittel.«

Endlich war es Juni geworden, rücksichtslos wie er ist: In der Nacht hatte die ganze Stadt die Bettdecken weggestrampelt, ohne es zu merken, und am Morgen glühten die Mauern, und eine Flotte kleiner Laserpunkte zog in der Ferne über das Meer. Rosa, ihr kleiner Ehemann und ich hatten uns in nassgeschwitzten Jeans auf der Wiese vor dem Krankenhaus ausgestreckt und warteten, umringt von Studenten, die sich sonnten, auf die Besuchszeit um sechzehn Uhr, aber auch auf die Maccheroni-Frittata, die Mina uns am Tag zuvor versprochen hatte, als ihr die Entlassung ihres Kleinen verkündet wurde.

»O nein, wie blöd!«, hatte sie den Ärzten daraufhin gesagt.

»Wie bitte, Signora?«

»Jetzt muss ich nachts immer selber aufstehen …«

Schließlich erschien sie, mit frisch – vermutlich von ihr selbst – aufgedrehten Haaren und einem Kinderwagen im englischen Stil.

»Ich habe das Problem gelöst«, rief sie uns von Weitem zu. »Ich habe meiner Mutter erzählt, dass ich mich erst mal von dem Trauma erholen muss und der Kleine deshalb nachts besser bei ihr im Zimmer schläft.«

»Aber deine Mutter ist doch schon siebzig.«

»Eben: Was hat sie morgens schon groß zu tun?«

Rosas Mann, der wieder in die Werkstatt zurückmusste, kam gleich zur Sache: »Hast du die Maccheroni-Frittata dabei?«

»Klar«, sagte sie, lüpfte die Decke des Kinderwagens und holte einen heißen Behälter daraus hervor.

»Geh mal ein paar Bier kaufen, los!«

Dann schaute sie um sich, mit rebellischer Miene, und ringsherum saßen alle möglichen Leute, wie es in der Stadt eben ist. Und bat mich um eine Zigarette: »Deine sind besser.«

»Deine schmecken eklig, Mina, deshalb sind meine besser.«

»Das Haschisch habe ich mir von meinem Neffen besorgen lassen, aber vor deinem Mann war mir das peinlich, Rosa.«

Der Pakistaner, den sie aus dem Silberpapier wickelte, sah wirklich gefährlich aus. Ich zerkrümelte ihn, was meine Finger völlig verfärbte, und bastelte etwas, das eher aussah wie eine Rolle Pastateig für Gnocchi, aber wir rauchten ihn trotzdem, wir hatten es ja nicht weit bis zum Krankenhaus. Rosas Mann gab nur acht, dass seine Frau nicht mitmachte und sich nicht zu sehr aufregte, dann wollte er auch mal ziehen.

»Mina, wie hast du es denn geschafft, mit dem Zeug auf die Fähre zu kommen, haben sie da keine Hunde?«

»Doch, aber sie kontrollieren nur auf dem Weg von der Stadt auf die Insel, nicht umgekehrt ...«

Außerdem hätte niemand in einem Kinderwagen auf dem Weg zum Krankenhaus gewühlt, unter all den Laken und Häkeldecken und samtenen Medaillons mit dem Abbild von Padre Pio. Nur wenige Stunden später würde der Kinderwagen seiner eigentlichen Bestimmung zugeführt. Das Kind darin würde, wie alle unsere Kinder, immer ein Fragezeichen der Medizin bleiben. Wie und wie viel es wachsen würde, nach welchen Handbüchern und Tabellen es sich richten würde, das wusste niemand. Doch wir wussten, dass es Minas Sohn war. Und die anderen unsere Kinder.

Als ich zum Telefon griff, begannen die anderen hinter meinem Rücken zu spotten, und zwar laut: damit ich es hörte.

»Jetzt ruft sie Blauauge an, pass auf.«

»Ach, das braucht sie doch gar nicht: Wenn der den Qualm riecht, kommt der schon von alleine.«

Aber er schien sehr, sehr weit weg zu sein, denn er ging nicht einmal ans Telefon. Und da es ein sehr schöner Tag war, fast ein Festtag für Mina, die mit ihrem Kind ins Leben entlassen wurde, machte ich mich auf den Weg zu dem Gebäude, in dem er arbeitete und wo ich ihn vor kaum zwei Stunden noch getroffen hatte: um ihn zu unserem Picknick einzuladen und ihn vom Neonlicht der Mensa zu erlösen.

Gleich an der Treppe traf ich die Ärztin, die mir tief in die Augen sah und mir die Hand entgegenstreckte, als wolle sie mich in ihrem Büro zu einem Walzer einladen: »Ich hätte sie später in der Nachmittagsbesuchszeit noch gesucht. Ich muss mit Ihnen reden, wenn Sie eine Minute hätten …«

Sie behielt während des ganzen Gesprächs, das keine Minute dauerte, ein zurückhaltendes Lächeln auf den Lippen.

Zu Hause stürzte ich in eine abgrundtiefe Angst, wie ich sie noch nie erlebt hatte. Ich hatte mich für den Nachmittag wieder von der Schule beurlauben lassen, und nun wartete ich darauf, dass Fabrizio herauskam, um mit ihm zu sprechen. Ich hoffte, er würde mich in der Kaffeepause anrufen, alarmiert von meiner Abwesenheit, ich selbst aber hatte in derselben Pause nicht den Mut dazu.

Der junge Arzt tat es, denn er sah meine Nummer auf seinem Display, Mina mit ihrem Kleinen im Kinderwagen bei der Entlassung und mich nicht: Ich war abgehauen.

Ich bat ihn, zu mir zu kommen. Ich spürte, dass es ein Fehler war, aber auch, wie schwierig der Nachmittag sein würde. Während ich auf ihn wartete, sah ich meine Flaschen durch, von Martini bis Gin, die ich seit fast neun Monaten nicht ausgewechselt hatte. Ich dachte kurz an die Kaiserschnittnarbe und an die erste Menstruation, die ich exakt vierzig Tage nach der Geburt bekommen hatte, ohne es groß zu beachten. Und an die Stützstrumpfhosen und figurformenden Höschen und Mieder.

Ich wühlte in der hintersten Ecke der Schublade und stellte fest, dass die hinterste Ecke ziemlich weit hinten war. Aber schließlich zog ich doch noch etwas hervor, das ansehnlich und praxiserprobt war, und während er zu Fuß die sechs Stockwerke zu meiner Wohnung heraufkam und auf jedem Treppenabsatz einen Fluch ausstieß, damit ich hörte, dass er noch Luft hatte, versuchte ich mich ganz stark zu konzentrieren und dachte an die ersten Male, wo ich ihn gesehen hatte, um herauszufinden, ob er mir wirklich gefiel und um diese Woge der Anziehung gegebenenfalls auszunutzen.

Nicht dass das wichtig gewesen wäre, in dieser Situation und wo uns nur noch ein Stockwerk voneinander trennte, aber wenn es mir gelungen wäre, den Enthusiasmus des ersten Blickkontakts einzufangen, das Herzklopfen, wenn man einen noch Unbekannten vor sich hat, dann würde der Nachmittag einfacher sein.

Und dann merkte ich, dass ich diese Situation ganz anders empfand als früher, es war wie ein Sprung auf eine andere Ebene zwischen all dem, was mir vor Irene passiert war, und meiner neuen Wahrnehmungsweise, die ohne mein Wissen entstanden war. Ich verspürte eine Distanz, die gar nicht mal unangenehm war, sondern im Gegenteil vorzüglich: Alles erschien weniger, sogar deutlich weniger ernst als früher.

Dann stand er vor mir.

»Mit einem Orthopäden zu schlafen, muss dann ja phantastisch sein.«

»Keine Ahnung, habe es nie ausprobiert«, sagte er und schob meinen Nacken über die Bettkante.

»Wenn ihr es unter Kollegen macht, denkt ihr dann nicht die ganze Zeit: Jetzt liege ich auf dem Brustbein, und wenn ich sie jetzt hier streichle, versetzt das ihren Nerv so und so in Schwingung und solche Sachen?«

»Nein, wirklich nicht, aber jetzt hast du mich für immer konditioniert, vielleicht ist das ja ab heute der Fall ... Entspann deinen Arm, streck ihn aus, ja so ... Ab jetzt kann ich an nichts anderes mehr denken. O Gott, du hast mich erledigt.«

»Da hat was geknackt.«

»Das sind die Zacken der Arthrose im Halswirbelbereich.«

»Zacken?«

»Die Verkalkungen.«

»Das soll wohl heißen, dass ich alt bin, ja?«

»Eine Erstgebärende fortgeschrittenen Alters.«

»Aha ... Und wo hast du deinen Roller geparkt?«

»Ich bin mit der U-Bahn gekommen.«

»Soll ich dir ein Taxi rufen?«

»Kann ich nicht hier schlafen?«

»Ich würde sagen, nein.«

»Auch nicht, wenn ich was koche?«

»Ein anderes Mal. Heute nicht, du weißt, warum.«

»Ja, eben. Lass uns nicht so tun, als wäre nichts. Reden wir darüber.«

»Nicht mit dir. Entschuldige, aber ich muss mit meinem Kollegen telefonieren.«

»Und ihr, rezitiert ihr euch Gedichte, wenn ihr es miteinander treibt?«

»Auch.«

»Und wenn ich bis zum Morgengrauen bleibe und den Gynäkologen verprügle und dich in Ruhe schlafen lasse?«

»Nei-in.«

Ich brachte ihn mit dem Telefon in der Hand zur Tür. Bevor er ging, küsste er mich auf die runde Narbe der Pockenimpfung auf meinem Unterarm, die für jemanden in seinem Alter etwas Exotisches hatte.

»Fabri?«

»Nicht weinen, Maria, sonst kann ich dich nicht verstehen.«

»Ich habe mit der Ärztin gesprochen.«

»Scheiße, ich wusste doch, dass es einen Grund gibt, warum du nicht gekommen bist. Erzähl.«

»Ich muss eine Wiege kaufen.«

»…«

»Eine Wiege mit Rädern, ich meine: einen Kinderwagen, eine Wickelkommode, vielleicht auch ein Gerät, um Fläschchen zu sterilisieren, und Babyseife, glaube ich, auch. Ich brauche einen Katalog von Chicco und kleine Laken.«

»Wie viel Zeit hast du?«

»Ungefähr zwei Wochen.«

»Das können wir schaffen, sogar bei deinem komischen Geschmack.«

Ich sagte: »Holen Sie es.«

»Das Kind wird sicher lebend auf die Welt kommen, doch es könnte kurz nach der Geburt sterben oder schwere Behinderungen davontragen, vielleicht geht es ihm aber auch gut. Wissen Sie das?«

»Das weiß ich.«

»Wirklich, Signora?«

»Ich hätte in drei Monaten entbinden sollen.«

»Die Kleine wird dann sofort auf die neonatologische Intensivstation verlegt.«

Epilog

Die Überführung verlief hoch über den Häusern der Piazza Ottocalli und warf ihren Schatten auf die Balkone. Wenn die Autofahrer von der Umgehungsstraße kamen, konnten sie durchs Seitenfenster fast die zum Trocknen aufgehängte Wäsche anfassen, denn die Architekten hatten sich hier den Kitzel erlaubt, *Metropolis* zu spielen. Als ich beim letzten Pfeiler ankam, sah ich Gaetano vor dem Eingang der Schule eine Zigarette rauchen.

»Guten Tag.«

»Von wegen *gut*: In der Nacht habe ich kein Auge zugetan.«

»Reden wir nicht drüber, und nicht mal die Hand bekomme ich?«

»Ich schwitze.«

Ich sagte ihm nicht, dass er keine Angst haben musste, weil er mein bester Schüler war, denn auch ich war einmal beste Schülerin gewesen, und ich wusste, dass genau das bei den Prüfungen das Problem war.

Gaetano würde den Abschluss schaffen, so wie ihn alle anderen nach den hundertfünfzig Schulstunden schaffen würden. In den vergangenen Jahren hatten sich die Prüfer sogar ihre Ausländerfeindlichkeit abgewöhnt: Den Luxus dieses Ausbildungsweges konnte sich das Oberschulamt nicht bis in alle Ewigkeit erlauben.

Alle kamen durch, aber Gaetano war der Beste. Wenn ich

seine Aufsätze vor der Klasse vorlas, errötete er nur bei den ersten beiden Zeilen, dann plusterte er sich auf vor Stolz, und je weiter ich las und wenn ich dann noch zustimmend dazu nickte, desto größer wurde er, er wuchs regelrecht über sich hinaus. Dann fragte er zum Beispiel Sachen, die er ganz genau wusste: »Ist das richtig, hier ›jener‹ zu sagen?« Das »jener« war richtig, und es passte auch gut in diesen Satz, an diese Stelle. Was der Lehrplan gar nicht verlangte.

Gaetano war also gekommen, um sich dieser Sache zu stellen, er wusste, wo das »jener« hingehörte, damit es sich gut anhörte, und außerdem hatte er etwas zu sagen. Ich wusste das, und ich zitterte mit ihm, aber ich betrat die Aula ganz ruhig und unterschrieb alle Unterlagen, die zu unterschreiben waren, begrüßte die Kollegen, die ich kannte, und den externen Vorsitzenden. Ihn sah ich mir gut an, denn gegen ihn trat Gaetano an: Ich wusste, dass Gaetano sich mit seinem Aufsatz an den Vater richten würde, der ihn mit acht Jahren arbeiten geschickt hatte, er würde es auf den Trainingsanzug sticken, in dem sie ihn zu seinen ersten Handtaschendiebstählen abrichteten, es auf das Tor des Erziehungsheims von Nisida einbrennen.

Für Gaetano ging es um seinen Abschluss der Mittelschule, er war nun dreizehn und tauchte ohne Geräte in die Zisternen von Casandrino hinab, wo der Hanf gewässert wurde: für fünfzig Lire den Ballen holte er ihn wieder nach oben. Nun würde er seinen Aufsatz in der Fabrik weiterschreiben. Achtunddreißig Jahre lang würde er ihn nun schreiben, und daran würde auch der Hobel nichts ändern.

»Folge der einfachsten Spur«, hatte ich ihm geraten, denn ich kannte die Versuchungen und Gefahren starker Menschen.

Dann begann die Prüfung, und wir wanderten wie müde Fliegen vor dem Fenster hin und her und sahen auf die Uhr. Wir tauschten unsere Zeitungen aus, und eine Kollegin fragte mich, wo ich meine Ohrringe gekauft hätte.

Die Herrschaften vor uns saßen brav auf ihren Bänken und schrieben, manch einer bot uns den Anblick ergrauter Scheitel. Hin und wieder erhob sich eine Frau, kam zu uns nach vorne und bat um ein weiteres Blatt Papier, eine Kollegin setzte ihr einen Stempel drauf und notierte die wachsende Zahl im Protokoll. Zwei Stunden lang waren wir die Einzigen, die Lärm machten.

Dann sah ich, dass Gaetano mir ein Zeichen gab, als ich mich näherte, hörte ich ihn mit seiner leisen und nasalen Stimme nach mir rufen: »Professoressa.«

Ich drehte mich zum Pult um, aber die Prüfer würden nichts sagen: Was kann man schon korrigieren mit drei geflüsterten Worten, im Vorübergehen und ohne auf das Blatt zu sehen? Wie hätte ich ihm überhaupt noch helfen können, nach siebenundfünfzig Jahren, drei Kindern und einer verstümmelten Hand, wenn er mit dem Konjunktiv nicht zurechtkam und mit den Gedanken, die er in seine Worte steckte?

Also ging ich zu ihm, sah auf seine Bank hinunter und stellte fest, dass er schon viel geschrieben und nur wenig durchgestrichen hatte.

»Ich habe ein Problem.«

Ich nickte ihm zu wie ein Priester bei der Beichte.

»Ich komme nicht weiter.«

»Was meinst du?«

»Ich möchte gern weiter vorwärtsgehen.«

»Dann nimm die Zukunftsform.«

»Nein, ich will bei der Gegenwart bleiben.«

»Dann schreib im Präsens.«

»Ich bin schon bei der Gegenwart, aber die ist jetzt vorbei.«

Ich verstand nicht, was er meinte, dazu hätte ich seinen Text lesen müssen, also gab ich ihm keine Antwort und machte noch zwei Bahnen zwischen den Bänken hoch und runter. Ich hatte Schwierigkeiten beim Gehen: Ich spürte einen dumpfen Schmerz in der Ferse und musste humpeln. Auf der Höhe der Tür deutete ich sogar einen Schritt nach draußen an, doch dann sah ich auf die Uhr und hatte es eilig, wieder zu Gaetano zu kommen. Auf dem Weg zu ihm musste ich meine Angst kontrollieren, ich näherte mich ihm langsam und sah ihm verstohlen über die Schulter, mit vorgetäuschter Lässigkeit, als wäre ich neugierig.

Ich las die Stelle, die er mir zeigte, dort, wo das Geschriebene abbrach: »Auch wenn ich mit der linken Hand schreibe und es keiner mehr merkt, habe ich an der rechten Hand drei Finger weniger. Und die sind meine Freiheit, denn die Normalität davor war ein Ballast.«

Ich machte zwei Schritte und dachte nach, er hätte mit einem »jetzt« weiterschreiben können.

»*Professoré*.«

»Ich überlege.«

»Ich will noch zwei Seiten schreiben, in der Gegenwart, aber in einer neuen Gegenwart.«

»Verstehe.«

Ich sah auf die Uhr und verfluchte siebenundfünfzigjährige Perfektionisten, die mit drei fehlenden Fingern schrieben.

Einer der Prüfer begann in meine Richtung zu starren, ich murmelte vor mich hin, als wäre auch ich eine Schülerin.

»Lass einen Leerraum, und dann schreib weiter, was du willst.«

»Geht das denn?«

Die Frage stellte ich mir gar nicht, denn es war notwendig.

»Ja, lass eine Zeile frei und fang darunter neu an.«

»Nicht dass die denken, ich hätte was vergessen.«

»Nein, nein.«

Signor Esposito, der Prüfer, stand auf, lächelte mir mit einem falschen Lächeln freundlich zu und sagte: »Dottoressa, kommen Sie, wir gehen einen Kaffee trinken, den haben wir bei der Bar bestellt.«

Ich sah Gaetano wütend an.

»Aber Sie haben uns im Unterricht nie gesagt, dass das geht.«

»Und wenn schon, jetzt nerv nicht rum, lass einen Leerraum. Und ich geh Kaffee trinken.«

Dank und Widmung

Dieses Buch entstand aus der Begegnung mit einigen außergewöhnlichen Frauen: Giada Costabile, Lucia Caredda, Mena Cozzolino, Pina M. und Fausta C. Ihnen galt stets mein erster Gedanke.

Ich danke Gennaro Falanga und den Schülern der Klasse L2 der *Scuola territoriale di Formazione per adulti »Tito Angioletti«* in Torre Annunziata für ihre Gastfreundschaft;

Maria Chianese und Anna Gambardella für die Beratung;

Alessandra Infante für die erste ermutigende Lektüre;

Paola Gallo für die inspirierende Belagerung;

Marco Peano und seinen zahlreichen Augen;

Roberto Santachiara wie einem Geschenk des Himmels.

Und Lorenzo Medici, weil er mir eines Morgens, gemeinsam mit dem Kaffee, eine Geschichte überbrachte, die für den Fortgang meines Schreibens unerlässlich war.

In Andenken an Marcello Oddati, für seine Eltern Enza und Nicola.